Fischer TaschenBibliothek

Die Einladung war mit der Post gekommen. Seine ehemalige Klassenkameradin Nadja hatte Rupert zu einer »Loserparty« eingeladen. Also keine Spielchen mit »Mein Haus. Mein Auto. Mein Boot.«, sondern echte Niederlagen. Komisch, dachte Rupert, Nadja wollte doch immer eine der Besten sein. Und jetzt eine Loserparty? Sollte er vorgeführt werden? Mit einem Glas Scotch in der Hand und einem tiefen Blick in den Spiegel fragte er sich: Was würde Bruce Willis tun? Als einer der Gäste ermordet wird, steckt Rupert mittendrin: im Schlamassel und in einer Ermittlung.
Witzig, dreist und spannend: Wenn Rupert ermittelt, läuft alles etwas anders als geplant.

Klaus-Peter Wolf, 1954 in Gelsenkirchen geboren, lebt als freier Schriftsteller in der ostfriesischen Stadt Norden, im selben Viertel wie seine Kommissarin Ann Kathrin Klaasen. Wie sie ist er nach langen Jahren im Ruhrgebiet, im Westerwald und in Köln an die Küste gezogen und Wahl-Ostfriese geworden. Seine Bücher und Filme wurden mit zahlreichen Preisen ausgezeichnet. Bislang sind seine Bücher in 24 Sprachen übersetzt und über zehn Millionen Mal verkauft worden. Mehr als 60 seiner Drehbücher wurden verfilmt, darunter viele für »Tatort« und »Polizeiruf 110«. Mit Ann Kathrin Klaasen hat der Autor eine Kultfigur für Ostfriesland erschaffen, mehrere Bände der Serie werden derzeit prominent fürs ZDF verfilmt und begeistern Millionen von Zuschauern.

Weitere Informationen finden Sie auf www.fischerverlage.de

KLAUS-PETER WOLF

Ostfriesen FETE

Rupert und die Loser-Party
auf Langeoog.

FISCHER TaschenBibliothek

3. Auflage: April 2018

Erschienen bei FISCHER Taschenbuch
Frankfurt am Main, April 2018

Umschlaggestaltung: bürosüd°, München
Umschlagabbildung: Martin Stromann/Ostfrieslandbild
Satz: Dörlemann Satz, Lemförde
Druck und Bindung: CPI books GmbH, Leck
Printed in Germany
ISBN 978-3-596-52195-1

Welch ein Brief, dachte Rupert. Überhaupt – wer schreibt heutzutage noch Briefe?

Er goss sich einen doppelten Whisky ein. Zwölf Jahre alter Scotch. Er nahm einen tiefen Schluck und las den Brief mit angenehmem Brennen im Hals noch einmal.

Lieber Rupert,
ich möchte eine ganz besondere Party geben und dazu nur sehr spezielle Gäste einladen. Wir treffen uns auf Langeoog in meinem Feriendomizil. Dort sind wir um diese Jahreszeit ungestört.
Hängen dir nicht auch diese öden Feten zum Hals heraus, bei denen jeder Gockel mit seinen neuesten Erfolgen auftrumpft und seine Federn aufplustert? Wenn dieses Spiel beginnt: Mein Haus. Mein Auto. Mein Traumurlaub. Dann langweile ich mich immer fast zu Tode.
Schlimmer wird es nur noch, wenn das Geprahle

mit den Kindern losgeht. Das Einserabitur vom magersüchtigen Mädchen mit Zahnspange interessiert mich genauso wenig wie der hochbegabte Schwiegersohn in L. A.
Deshalb habe ich etwas ganz anderes vor: Ich will eine Loserparty geben. Ein Fest für Verlierer, bei dem jeder über seine schlimmste Niederlage berichtet.
Es wird keine Jury geben, sondern per Handabstimmung wird der größte Loser gewählt. Es gibt drei Kategorien, in denen man sich bewerben kann:

1. *Ehe und Familie*
2. *Schule und Beruf*
3. *Sport, Spiel, Straßenverkehr*

Du wurdest in allen drei Kategorien nominiert. Du kannst aber nur mit einer ins Rennen gehen. Für welche entscheidest du dich?
Es dürfen gern Beweise mitgebracht werden, um Hochstapeleien – oder sollte ich besser schreiben: Tiefstapeleien – auszuschließen (da kennst du dich als Kommissar doch aus).
Also: Alte Zeugnisse. Geplatzte Wechsel. Pfändungs-

beschlüsse. Scheidungsurteile. Fotos von Skiunfällen oder missglückten Schönheitsoperationen.
Ich warte gespannt auf deine Antwort!
Nadja

Komisch, dachte Rupert, das passte doch im Grunde gar nicht zu ihr. In seiner Erinnerung war Nadja die schärfste Schnitte der Schule gewesen. Sie wollte in allem immer besonders gut sein. Wenn der Lehrer sagte: »Lernt diese fünf Seiten auswendig«, dann fragte sie nicht: »Warum?«, sondern: »Bis wann?«

Damals hatte er gedacht, wenn sie im Bett genauso eifrig ist, dann muss sie der absolute Knaller sein – und genauso war es dann auch gewesen. Sie kreischte herum, kratzte und biss. Er kam sich danach vor wie ein Schinken, der in einen Löwenkäfig geworfen worden war.

Nadja wollte jedenfalls immer die Beste sein – und jetzt eine Loserparty?

Will die mich auf den Arm nehmen, fragte Rupert sich. Soll ich vorgeführt werden? Komme ich in eine Fete hinein, bei der ich dann offen über meine Niederlagen rede, ja, sie besonders toll herausstelle, und dann bin ich der Einzige, der so etwas tut? Will sie sich damit dafür rächen, dass ich ihr die große Liebe damals nur vorgespielt habe, um sie ins Bett zu bekommen? Aber meine Güte, das haben wir doch alle gemacht!

Oder war so eine Verliererparty vielleicht genau ihr Ding? So etwas hatte nie jemand von ihnen erlebt. Ja, etwas ganz Besonderes zu organisieren, das war es, was sie vorhatte! Eine Party, über die alle noch lange reden würden.

Es gab keine Gästeliste und kein Datum. Sie verlangte praktisch eine Blankozusage. Es las sich aber so, als würde alles schon bald stattfinden.

Bin ich vielleicht, dachte Rupert, nur ein Notstopfen? Ein Ersatzspieler für einen tollen Hecht, der kurzfristig abgesagt hat?

Was würde Bruce Willis tun?

Vermutlich im Unterhemd einen Whisky trinken.

Rupert goss sich noch einen Fingerbreit ein und zog sein weißes Oberhemd aus. Erst jetzt sah er, dass die Soße der Currywurst Spuren hinterlassen hatte.

Im Unterhemd, mit einem Glas Whisky in der

Hand, kam er sich schon männlicher vor, aber ein guter Plan war das immer noch nicht.

Humphrey Bogart würde anrufen und sagen: »Hey, Baby, sollen wir nicht besser etwas trinken gehen? Nur du und ich? Ich kenne da eine gute Bar.«

Schwarzenegger würde sich, egal in welcher Rolle, der Herausforderung stellen, ob als Terminator oder Barbar.

Aber konnte ein richtiger Mann ernsthaft über seine Niederlagen berichten? Gab es so etwas für ihn überhaupt? Wenn man auf einer Loserparty gewinnen sollte, wurde man dann zum Superloser? Zum Verlierer aller Verlierer? War das gut? War es tatsächlich ein Sieg, wenn man dort gut abschnitt?

Rupert sah sich im Spiegel an. Vielleicht, sinnierte er, machen Niederlagen ja erst richtig männlich. Seine Frau Beate stand insgeheim auf Männer, die weinen konnten. Neulich hatte er plötzlich diese blöden Pickel bekommen. Zwei am Rücken, einen an der Nase und drei – ja, verdammt, am Hintern, davon hatte er aber niemandem erzählt, nicht einmal Beate, weil es ihm so peinlich war. Er hatte kaum sitzen können im Dienst, und natürlich war wieder besonders viel Aktenkram zu erledigen. Beate hatte behauptet, die Pickel seien ungeweinte Tränen. Aber da lief er lieber herum wie ein Streuselkuchen, statt zur Heulsuse zu werden.

Rupert versuchte, vor dem Spiegel die Posen seiner Helden einzunehmen. Aber was war Bogey ohne Zigarette, was Schwarzenegger ohne Muskelpakete und was Bruce Willis ohne kahlrasierten Schädel?

Er fuhr sich mit den Fingern durch die Minipli. Sollte er sich etwa auch eine Glatze rasieren? Oder würden dann die Kollegen spotten und mit ihnen die gesamte Kampflesbenfraktion, er habe das nur getan, weil sein Haar langsam schütter wurde? Nein, deren Hexengerüchteküche wollte er sich nicht aussetzen.

Nadja wohnte jetzt in Oldenburg. Nach der gemeinsamen Schulzeit am Ulrichsgymnasium in Norden hatte sie einen Architekten geheiratet, von dem sie nach drei Jahren Ehe geschieden worden war. Viel mehr wusste Rupert über sie nicht, doch er googelte sie und war baff. Sie hatte bis vor kurzem ein Seniorenheim geleitet und hielt Vorträge über den Umgang mit dementen Menschen. Außerdem schrieb sie unter dem Pseudonym »Madame X« erotische Romane. Offensichtlich mit durchschlagendem Erfolg. Ihr Pseudonym war aber aufgeflogen oder marketingwirksam enttarnt worden, wie einige vermuteten. Damit war sie als Leiterin einer halbkirchlichen Einrichtung untragbar geworden.

Er rief sie an. Er stand dabei kerzengerade und zog während des Gesprächs den Bauch ein, als würde sie ihm zusehen. Ihre rauchige Stimme zauberte eine Gänsehaut auf Ruperts Unterarme. Seine Härchen richteten sich auf. Erinnerungen schossen in ihm hoch wie Leuchtraketen.

Er glaubte, ihren Atem durchs Telefon zu spüren. Dabei sah er sich selbst im Spiegel. Er fand, er war kaum älter geworden seit damals, höchstens reifer.

Sie irritierte ihn so sehr, dass er gar nicht wusste, wie lange sie jetzt schon miteinander telefonierten. Hatte sie gerade erst abgehoben, oder redeten sie schon seit einer halben Stunde über alte Zeiten?

Er hatte zwar dem Klang der Stimme gelauscht,

aber irgendwie hatte dieser Klang ihn fortgetragen, ohne dass er richtig zugehört hatte. Sie sprach von einer Sturmflut, und er wusste nicht, ob sie die Nordsee meinte oder ihre Gefühle.

Er musste wieder ins Gespräch zurückfinden. Ich werde ihr am besten ein Kompliment machen, dachte er. Frauen stehen doch auf Komplimente.

»Trägst du deine Haare immer noch schulterlang? Ich habe deine Haare immer gemocht. Schwarze Haare, braune Augen – herrlich!«

Sie räusperte sich: »Ich hatte nie schwarze Haare. Meine Haare sind braun. Immer gewesen.«

Oh. Schwerer Fehler, dachte Rupert und stammelte: »Ja, meine ich doch! Schwarzbraun … also, schokoladenbraun sozusagen.«

»Nein, kastanienbraun mit einem Perlmuttglanz, manchmal mit einem Hauch ins Violettbraun.«

Rupert schwitzte: »Genauso habe ich dich in Erinnerung! Mit einem leidenschaftlich rötlichen Mittelbraun, fast schon lila.«

»Violett.«

»Ja. Eben. Violett.«

Er sah Schwitzflecken in seinem Feinrippunterhemd. Diese Frau war früher schon anstrengend gewesen, und daran hatte sich offensichtlich nicht viel geändert.

»Du kommst also? Für welche Kategorie hast du dich entschieden?«, fragte sie.

»Ja, ich weiß noch nicht, ob …« Er staunte selbst über seinen Versuch, jetzt einen Rückzieher zu machen.

»Ach, hör doch auf! Sonst hättest du nicht angerufen. Also, in welcher Kategorie trittst du an? Lass mich raten – Ehe und Familie?«

»Ähm, nein … Ich bin glücklich verheiratet.«

»Wer ist glücklich? Du oder sie?«

Diese Frau verunsicherte ihn. Er erinnerte sich. Es war ihm in ihrer Gegenwart schon damals immer so vorgekommen, als würde er zu langsam denken. Sie war bei allem immer so verdammt schnell.

»Wann«, fragte er, »soll das Treffen überhaupt stattfinden?«

Sie kicherte. »Ach, hab ich vergessen, dir das aufzuschreiben? Also, an diesem Wochenende. Entschuldige, ich weiß, ich bin spät dran mit der Einladung, aber ich hatte erst vergessen, dich einzuladen …«

»Hat man bei einer Verliererparty nicht schon von vornherein gewonnen, wenn man sogar bei der Einladung vergessen wird?«

Aus ihrem Kichern wurde ein Glucksen. »Du bist gut, Rupert. Du bist immer noch der gleiche witzige Typ. Früher hab ich mich manchmal gefragt, ob du unfreiwillig komisch bist oder eine echte Stimmungskanone.«

»Danke für das Kompliment«, brummte er.

»Siehst du«, lachte sie, »genau das meine ich!«

Er schwieg eine Weile, um durchzuatmen und sich zu sammeln. Dann sagte er: »Wer kommt denn sonst noch?«

Insgeheim hoffte er, sie würde antworten: *Niemand. Ich wollte mit dir all diese tollen Sachen ausprobieren, von denen ich in meinen erotischen Romanen geschrieben habe, für die mir aber immer der richtige standfeste Partner fehlte. Der Brief war nur ein origineller Kontaktversuch.*

Stattdessen sagte sie: »Lass dich überraschen.«

»Kenne ich die anderen?«

»Wie viele Loser kennst du denn, Rupert? Überleg mal. Was glaubst du, wer wird noch dort auftauchen?«

»Keine Ahnung, Nadja. Hast du nur Leute aus unserer gemeinsamen Schulzeit eingeladen?«

»Lass dich überraschen. Nimm die Fähre am Freitag um 17 Uhr 30. Ich hole dich am Bahnhof Langeoog ab.«

»Ja … ich … ähm …«

Er kam mit so bestimmend auftretenden Frauen nicht gut klar. Wieso sagte sie ihm, welche Fähre er nehmen sollte? Gehörte das schon zum Spiel? Vielleicht hatte er ja Lust, früher zu kommen oder später zu fliegen …

Ihre Stimme klang vielversprechend: »Freu dich auf ein ganz besonderes Wochenende.«

Er wollte noch etwas sagen, wusste nur noch nicht genau, was.

Sie legte einfach auf.

Rupert stand einen Moment unschlüssig vor dem Spiegel herum. Er überlegte, ob er noch einen Whisky nehmen sollte, entschied sich dann aber zu duschen, denn bei dem Gespräch war er echt ins Schwitzen gekommen.

Unter der Dusche fragte er sich, was für Beweise er mitbringen könnte und in welcher Kategorie er überhaupt antreten sollte. Seine Frau Beate war ohnehin am Wochenende nicht zu Hause, sondern nahm an einem Reiki-Seminar teil. Eine Ausrede brauchte er also nicht zu erfinden.

Das Gespräch mit Nadja hatte ihn – ganz gegen seine Gewohnheiten – nachdenklich gemacht. War seine Ehe mit Beate gescheitert? Er hatte nicht einmal eine ständige Geliebte, sondern nur wechselnde Affären.

Um bei Nadja alias Madame X zu landen und mit ihr ein paar erotische Abenteuer zu erleben, wäre es nicht schlecht, seine Ehe als gescheitert darzustellen, überlegte Rupert.

Eine Bewerbung in der Kategorie *Sport, Spiel, Straßenverkehr* war undenkbar. Wie stand er denn dann da? Als unsportlicher Versager, der nicht mal richtig Auto fahren konnte?

Obwohl – wenn er ehrlich war, sah es mit seiner Kondition ziemlich mies aus. Zu viel Pasta, Pizza und Currywurst. Er hatte beim Baum-Test, mit dem die sportliche Leistungsfähigkeit für Polizeibeamte gemessen wurde, erbärmlich abgeschnitten. Aber wer so etwas zugab, galt auch im Bett rasch als Versager, und das verringerte die Chancen auf einen One-Night-Stand erheblich.

Konnte sich jemand Humphrey Bogart mit Rückenschmerzen vorstellen? Oder Schwarzenegger bei der Krankengymnastik auf dem Pezziball?

Blieb nur noch *Schule und Beruf*. Aber berufliche Versager galten auch nicht gerade als Frauenhelden. Schulversager, aus denen später im Leben etwas geworden war, gingen hingegen oft als coole Typen durch.

Wer heute einen Betrieb mit ein paar hundert Mitarbeitern leitete, konnte fröhlich über seine Zeit als Sitzenbleiber plaudern und kam dann dabei locker rüber.

Ja, genau so wollte Rupert es machen.

Er suchte seine alten Zeugnisse. Er war auf dem Ulrichsgymnasium mit drei Fünfen und einer Sechs sitzengeblieben und so in Nadjas Klasse gekommen. Englisch, Deutsch, Geschichte: mangelhaft. Mathematik: ungenügend. Aber in Sport hatte er eine Eins bekommen. Sehr gut!

Heute dagegen war er im Rechnen viel besser als im Dauerlauf oder beim Weitsprung.

Er fand auch zwei Briefe der Schulleitung an seine Eltern, die er damals abgefangen hatte. In dem einen ging es um einen drohenden Schulverweis, weil er beim Schulfest in einem leerstehenden Klassenzimmer beim GV erwischt worden war. GV … die gleiche Abkürzung benutzten sie bei der Polizei für Geschlechtsverkehr noch heute.

Er hatte die Unterschrift der Eltern damals gefälscht, und als das aufflog, war der Ärger noch größer geworden.

Heute fand er die Geschichte köstlich. Ein mieser Schüler, Sitzenbleiber, bei den Mädchen viel beliebter als bei den Lehrern, fälschte eine Unterschrift, flog damit auf und wurde später Hauptkommissar bei der Elitetruppe der ostfriesischen Polizei: dem K1. Der Mordkommission!

Ja, er fand, diese Geschichte ließ sich wunderbar erzählen. Damit hatte er die Lacher auf seiner Seite. Damit wollte er auf Langeoog auftrumpfen.

Er zog sich betont sportlich an. Turnschuhe, Lederjacke, weißes T-Shirt und ein ›Naketano‹-Kapuzensweatshirt in Anthrazit. An den Seiten hingen zwei geflochtene Seilenden aus der Kapuze, die den maritimen Charakter unterstreichen sollten. Scherzhaft wurde das Sweatshirt deshalb auch *Schwanzus longus* genannt.

Die neue Jeans saß tadellos. Auch am Bauch.

Für Regenwetter hatte er vorsichtshalber feste Schuhe und eine Windjacke im Koffer. Außerdem einen Anzug, ein weißes und ein hellblaues Oberhemd sowie eine weinrote Krawatte.

Erst jetzt, auf der Fähre, wurde ihm klar, dass er für den Anzug nicht die richtigen Schuhe dabeihatte. Die braunen Wanderschuhe passten zu dem silbergrauen Schmuckstück genauso wenig wie die roten Nike-Laufschuhe.

Er hoffte jetzt einfach, es würde alles locker ablaufen. Loserparty klang doch nicht nach Steifer-Anzug-und-Krawatte-Feier.

Rupert beobachtete einige Gäste an Bord der Langeoog III. Da war ein hochgewachsener Mann mit militärischem Haarschnitt. Ein Kopf wie ein US-Marine, aber maßgeschneiderter blauer Anzug, von dünnen Silberstreifen durchzogen, die im Sonnenlicht dem Sakko eine schillernde Aura gaben. Er trug eine spiegelnde Sonnenbrille und hatte die leichte Segelbräune im Gesicht, die Rupert, der viel zu viel Zeit im Büro verbrachte, neidisch machte.

Der Typ bewegte sich auf eine elegante Art im tadellos sitzenden Zweireiher wie in bequemer

Freizeitkleidung, und mit der Frisur wurde er nicht einmal im Fahrtwind strubbelig. Rupert hasste ihn schon jetzt als Konkurrenten und hoffte, dass er auf der Loserparty – sofern er dabei wäre – über grausame Niederlagen berichten musste. Rupert gönnte ihm Konkurse, Impotenz und Zukunftsängste ohne Ende.

Warum, fragte Rupert sich, merkt man es Typen, die viel Kohle haben, immer gleich an? Der eine sah in einem schwarzen Anzug aus wie ein Aushilfskellner, der andere wie ein stinkreicher Gentleman.

Es waren nicht die Klamotten. Es hatte etwas mit der Art zu tun, wie sie sich bewegten.

Die Inselbahn brachte Rupert vom Fähranleger direkt in die Innenstadt. Es war Mitte September, und eine warme Sonne lachte über die Wettervorhersagen der letzten Tage. Von wegen Regen und Gewitter!

Nadja holte ihn wie versprochen ab. Der erste Gedanke, der Rupert durch den Kopf schoss, war: Sie sieht noch viel besser aus als damals. Was für eine scharfe Schnitte! Aus dem mageren kleinen Mädchen ist ein richtiges Prachtweib geworden.

Er schätzte, Kleidergröße 38, höchstens 40, wenn die Sachen eng ausfielen. Um die Hüften und am Busen hatte sie auf eine sehr frauliche Art zugelegt.

So sah also eine Frau aus, die erotische Romane schrieb.

Rupert zog den Bauch ein und beschloss, ihn bis zu seinem Abschied von der Insel nicht wieder vorzuwölben. Er blähte seine Brust auf und drückte die Wirbelsäule durch.

»Hello, Nadja«, sagte er und bemühte sich um einen englischen Akzent, als hätte nicht er es gesagt, sondern Bogey.

»Moin«, lachte sie und umarmte ihn, als seien sie ein Liebespaar, das sich vor wenigen Tagen erst getrennt hatte und sich jetzt über das Wiedersehen freute.

Den US-Marine im Zweireiher sah Rupert nicht mehr. Glück gehabt, der ist nicht dabei, freute Rupert sich.

Nadja tänzelte neben ihm über die Straße. Rupert achtete nicht auf den Weg. Er musste sie im Gehen immerzu anschauen. Ihre Haare leuchteten tatsächlich mal perlmuttfarben, mal violett, wie das Gehäuse einer aufgebrochenen Muschel. Dabei waren sie eigentlich braun. Ihr wehendes Haar erinnerte Rupert an das von Glitzerfäden durchzogene Sakko des Mitreisenden, den er am liebsten gleich wieder vergessen hätte.

Sie waren inzwischen in der Barkhausenstraße und gingen in Richtung Meerwasser-Erlebnisbad. Vor dem Eiscafé Venezia bestand Nadja darauf, sich ein Sanddorneis mit Sahne zu gönnen. Da sagte auch Rupert nicht Nein.

»Hier«, lachte sie, »hole ich mir täglich meine Eisration.«

»Wie kannst du dabei so schlank geblieben sein?«, fragte Rupert. »Du siehst gar nicht nach täglicher Eisration aus. Eher nach Mineralwasser.«

Sie strahlte ihn an. »Na gut, ich nehme das jetzt mal als Kompliment. Aber weißt du, ich bin viel zu lustbetont, um zu fasten und mich zu kasteien. Nicht Verzicht hält uns fit, sondern Sport.« Sie hob die Arme. »Bewegung! Ich bin, sooft ich kann, hier auf der Insel. Keine Autos! Jeden Weg mit dem Rad oder zu Fuß – das hält in Form. Und dann bei Wind und Wetter raus.«

»Schreibst du hier?«

»Ach, du weißt davon?«

Er flüsterte ihr leise ins Ohr, als würde er ihr ein gut gehütetes Geheimnis verraten: »Internet.«

»Hast du meine Bücher gelesen?«

»Alle«, log Rupert, der seit der Schulzeit kein Buch mehr freiwillig angefasst hatte. Er fragte sich schon lange, warum die Leute seit der Erfindung des Fernsehens überhaupt noch lasen, aber es gab ja auch noch Menschen wie seine Frau, die backten selber Brot, obwohl es an jeder Ecke welches zu kaufen gab. Die Welt war eben total verrückt geworden. Die Welt! Er nicht.

Das Haus lag am Rand der Dünen, vielleicht hundert Meter vom Meer entfernt und trotzdem ganz nah an den Geschäften der Innenstadt. Der Vorgarten war zugewuchert mit Rhododendron und Hagebuttensträuchern. Hier musste niemand den Rasen mähen. Die dichten Büsche wirkten auf Rupert wie ein natürlicher Schutz gegen Einbrecher. Stacheldraht war lange nicht so effektiv.

Es gab sechs Gästezimmer und ein großes Wohnzimmer mit offenem Kamin. An den Wänden einige hundert, vielleicht einige tausend Bücher. Rupert dachte zunächst, das sei eine sehr plastische

Fototapete mit prallvollen Buchregalen. Erst als er näher trat, sah er, dass sie echt waren.

Die großzügige Küche war, verglichen mit dem Rest des Hauses, geradezu deplatziert modern. Eine Induktionsplatte – davon schwärmte Ruperts Frau Beate auch – fiel ihm sofort auf. Auch hier ein Buchregal mit zig dicken Kochbüchern, die offensichtlich auch benutzt wurden, denn an den Buchrücken klebte Mehl und an einigen auch Blut.

Ein großer Korb mit Obst stand auf dem Tisch. Jede Menge Zitronen und Orangen. Ananas, Äpfel, Bananen. Neben dem Herd Gemüse in einem Hängekorb.

Rupert befürchtete schon, hier könnte das ganze Wochenende lang vegetarisch gekocht werden. Aber noch wichtiger war für ihn die Frage: War er mit Nadja hier allein oder nicht? Dieser Brief war doch im Grunde die beste verdeckte Anmache, die frau abschicken konnte. Wenn jetzt keiner der angeblich eingeladenen Gäste kam, würde sich niemand wundern, und sie hätten Zeit für ein herrliches Wochenende zu zweit.

Wahrscheinlich, so hoffte Rupert, hatte sie in

den vergangenen zwanzig Jahren nie wieder so richtig guten Sex gehabt wie damals mit ihm. Sie konnte ja schlecht schreiben: *Komm bitte, ich brauche dringend so einen Mann wie dich.* Aber so eine Einladung zu einer Loserparty war unverfänglich.

Doch Ruperts Vorfreude wurde gleich getrübt, denn von oben ertönte plötzlich Musik. Leonard Cohen: *Love calls you by your name.*

Die Scheibe kannte Rupert praktisch auswendig, weil Beate in melancholischen Phasen gerne Cohen spielte und besonders gern die Scheibe *Songs of Love and Hate.* Es war Rupert immer noch lieber als dieses verrückt machende Meditations-Klinkel-Klankel, das sich für ihn immer anhörte, als würde jemand auf Glasscherben treten. Diese jammerigen Walgesänge gingen ihm auch auf den Keks.

»Oh«, sagte Nadja, »das ist Fee. Wie ist die denn heute drauf? Cohen?«

Rupert schluckte. »*Die* Fee?«

»Ja, unsere ehemalige Klassensprecherin.«

Mit ihr war Rupert damals erwischt worden. Zwei Frauen, mit denen er einmal etwas gehabt hatte, das konnte ein verdammt anstrengendes

Wochenende werden, es sei denn, die beiden hatten einen flotten Dreier geplant.

»Kommen noch mehr aus unserer ehemaligen Klasse?«

Nadja schüttelte den Kopf, und ihre Haare flogen. »Nein, keine Sorge. Du wirst staunen, wer noch kommt.«

»Kenne ich die anderen?«

Da knarrte die Holztreppe. Rupert sah hoch und stutzte. Ingo Kuklinski war Kommissar, genau wie er, nur eben Fernsehkommissar. Er trug eine Sonnenbrille Marke *Top Gun* und war, das musste Rupert sich eingestehen, ein verdammt gut aussehender Frauenliebling.

Was, fragte Rupert sich, macht so ein Fernsehstar, der gerade erst einen Filmpreis gewonnen hat, den Goldenen Aschenbecher oder die Goldene Krawatte oder wie immer das Ding hieß, hier? Beate hatte darauf bestanden, die öde Sendung zu sehen, bei der ständig Leute, die für irgendetwas berühmt waren, ausgezeichnet wurden. Sie bedankten sich jedes Mal bei ihrem Team, ihren Ehepartnern, ihrer Mami und ihrem Papi. Dann hielten sie einen Preis hoch und verschwanden rasch wieder. Die ganz Abgezockten unter ihnen heulten sogar vor der Kamera und heuchelten Rührung.

Du verdienst bestimmt im Monat mehr als ich im Jahr, vermutete Rupert. Wenn du abends alleine im Hotel bist, dann hast du garantiert ein Notizbuch mit zig Telefonnummern von Verehrerinnen, die nur darauf warten, dich trösten zu dürfen … Und was machst du jetzt hier auf dieser Verliererparty? Ich hätte immer im Leben, in jeder Sparte, gegen dich verloren, aber hier, heute Abend, könnte ich glatt gewinnen.

Rupert sah, wie der Schauspieler Nadja umarmte. Dabei hatte er wieder dieses Siegerlächeln drauf.

Rupert hoffte, dass er die letzten Sätze nur gedacht und nicht laut ausgesprochen hatte. Fast schüchtern reichte der Fernsehstar Rupert nun die Hand und gab dabei nur seinen Vornamen an: »Ingo.«

Als ob nicht jeder im Land genau wüsste, wer er war …

»Rupert«, sagte Rupert.

Ingo sah auf seine Fünfzehntausend-Euro-Uhr.

»Ich wollte eigentlich noch einen Spaziergang am Meer machen, oder ist es dafür schon zu spät, Nadja?«

»Woher kennt ihr euch?«, fragte Rupert.

Nadja streichelte über Ingos Dreitagebart, als müsse sie ein zu groß geratenes Kind trösten, das sein Eis im Sand verloren hatte.

»Ingo liebt die Insel, genau wie ich. Wir haben uns am Flinthörn kennengelernt, an einem lauen Sommerabend. Wir saßen nebeneinander, sahen aufs Meer und haben über Gott und die Welt philosophiert.«

Ingo nahm seine Sonnenbrille ab und kaute darauf herum. Rupert hätte gewettet, dass er das in der Schauspielschule gelernt hatte. Es sah aber bescheuert aus, fand er.

Ingo nickte brav. »Sie hat mich nicht erkannt. Das hat mir damals sehr gutgetan. Jemand interessierte sich wirklich für mich, nicht für die Fernsehfigur, die ich sonst immer darstelle. Für sie war ich kein Star, sondern einfach nur ein Mensch.«

Nadja hüpfte von einem Bein aufs andere, griff sich einen Apfel und biss hinein. Es klang so knackig, sie hätte damit Zahnpastawerbung machen können. Der säuerliche Apfelgeruch hing in der Luft.

»Ich guck doch praktisch nie Fernsehen«, lachte sie. »Wenn ich nicht lese, dann schreibe ich.«

Am liebsten hätte Rupert Ingo gefragt, in welcher Kategorie er denn antreten wolle, aber bevor er sich seine Frage im Kopf zurechtgelegt hatte, klingelte es.

Rupert hatte den Schauspieler noch nicht verdaut, da stand schon der US-Marine vor ihm. Er stellte sich als Johannes Sinklär vor und war keineswegs Soldat, sondern Unternehmensberater.

Da Rupert sich zwischen diesen beiden Typen unwohl fühlte, verschwand er rasch zur Toilette, setzte sich auf die Klobrille und googelte diesen Sinklär. Er galt als knallharter Sanierer. Er hatte einen Lebensmittelkonzern aus den roten Zahlen in die schwarzen geführt, dabei fast vierhundert Leute entlassen und sechzig Filialen geschlossen. Er und seine Mitarbeiter wurden auch »Die Henker mit den schwarzen Aktenkoffern« genannt.

Eine Firma aus der Textilbranche, deren Hemden Rupert gerne trug, war pleitegegangen, weil

Sinklär die Hälfte der Belegschaft entlassen hatte. Kurzfristig war die Produktion nach Marokko verlegt worden.

In einem Hassartikel warf der ehemalige Betriebsrat Sinklär vor, Millionen abgegriffen und dabei den Laden ruiniert zu haben.

Rupert wusste nicht, ob er sich jetzt besser fühlen sollte. Offensichtlich hatte er es hier mit zwei sehr erfolgreichen Mistkerlen zu tun. Er fand beide einigermaßen furchteinflößend und freute sich geradezu spitzbübisch darauf, von ihren Niederlagen zu hören.

Ob sie beide etwas mit Nadja gehabt hatten? Unwahrscheinlich, dass sie all ihre Verflossenen hier aufmarschieren ließ.

Als Rupert von der Toilette kam, öffnete Nadja die erste Flasche Rosé.

»Na, hast du vergessen abzuziehen?«, fragte Ingo, der Fernsehkommissar.

Rupert zuckte erwischt zusammen, antwortete aber cool: »Wird das jetzt ein Verhör? Dann sollten Sie mich darauf hinweisen, dass ich einen Anwalt hinzuziehen kann, Herr Kommissar.«

Er wurde jetzt zu Bruce Willis. So würde er mit

der aufgeblasenen Bande besser fertig werden, hoffte er.

Nadja entspannte die Situation, indem sie erklärte: »Ich habe die Spülung reparieren lassen. Jetzt rauscht es nicht mehr eine halbe Stunde lang wie die Niagarafälle.«

Dieser Ingo, dachte Rupert, kennt sich also aus in Nadjas Haus. Er war schon öfter hier.

Nadja schlug vor, man könne jetzt gemeinsam das Wohnzimmer so gestalten, dass später alle Platz hätten. Sie rückte damit heraus, dass sie sechzehn Gäste erwartete, die in Hotels übernachteten. Einige im Dünenhotel Strandeck, zwei bei Kröger, andere im Suitenhotel Mare oder bei Aquantis.

»Hier bei mir ist ja nur Platz für sechs Personen. Also nur für meine liebsten Freunde!«

»Na«, grinste Sinklär, »da können wir uns ja geehrt fühlen.«

Rupert zählte nach: Fee, Nadja, Ingo, Sinklär, er selbst. Wer also war Nummer sechs? Er hoffte nicht auf noch so einen breitschultrigen Kerl, sondern mehr auf eine schmalhüftige Schönheit.

Sein Wunsch wurde erfüllt. Während sie im Wohnzimmer einen Stuhlkreis aufbauten mit einem »heißen Sessel« in der Mitte und Rupert allein bei dem Gedanken, dort von allen angestarrt sitzen zu müssen, ganz übel wurde, flatterte Gina in den Raum.

Sie war ein Naturereignis. Sie schien mindestens doppelt so viele Haare auf dem Kopf zu haben wie andere Menschen. Sie standen in alle Himmelsrichtungen ab wie Antennen.

Gina selbst war quirlig und aufschäumend wie Champagner, der, statt im Kühlregal zu ruhen, mit einem Fahrrad über Kopfsteinpflaster transportiert worden war. Sie sprach unaufhörlich, ohne Punkt und Komma, und lachte dabei ständig laut auf, als hätte sie einen echten Brüller losgelassen.

Rupert hielt das alles nur aus, weil sie so herrlich lange braungebrannte Beine hatte und die gerne herzeigte.

Die Verrückte ist die Einzige, die einen normalen Beruf hat, dachte Rupert. Altenpflegerin. Nadja war wohl mal ihre Chefin gewesen, bevor sie als Madame X zu Bestsellerruhm gekommen war.

Von so einer kessen Biene würde ich mich im Alter auch gerne pflegen lassen, dachte er. Wenn man schwerhörig ist, stört einen das Gequatsche ja auch kaum, und sie bereitet einem einen erbaulichen Anblick.

Als Fee genug Leonard Cohen gehört hatte und runter zu den anderen kam, wirkte sie in sich gekehrt, ja, verheult. Sie begrüßte Rupert erstaunlich freundlich und betonte, er habe sich gar nicht verändert, sei höchstens ein bisschen dicker geworden. So kannte Rupert sie. In ihre Nettigkeiten mischten sich gern schmerzhafte Spitzen, oft in einen Scherz verpackt.

Als sie Johannes Sinklär sah, spottete sie: »Was will der denn hier? Hat der sich in der Kategorie *Superarschlöcher* beworben?«

»Kennt ihr euch?«, fragte Rupert.

Sie verzog den Mund. »Kennen ist gut …« Sie zwinkerte Rupert zu und verriet ihm, dass der Typ von allen hier nur *John Sinclair* genannt wurde. *Der Geisterjäger.*

Sie kam während des kurzen Gesprächs Rupert sehr nah, und sie war immer noch von diesem betörenden Duft umgeben, der Rupert schon als Schüler rattendoll gemacht hatte. Sie füllte nicht den Raum mit aufdringlichem Parfüm, wie die Freundinnen seiner Frau es so gern taten, nein,

Fees Duft konnte nur ganz nah auf ihrer Haut erschnuppert werden, wie eine Ausdünstung ihrer Poren.

Dann ging alles sehr schnell. Leute kamen, brachten Blumen oder Pralinen mit, waren laut und aufgeregt. Einige tranken sich Mut an.

Nadja mischte sehr geschickt Cocktails mit frisch gepressten Säften, Rum und Tequila, wobei ihre ehemalige Angestellte Gina ihr half. Die bunten Getränke mit Fruchtstückchen am Glasrand und Schirmchen darin erinnerten Rupert an einen Kindergeburtstag. Er wusste einen guten Whisky zu schätzen oder ein gepflegt gezapftes Pils. Aber er probierte auch von diesen Drinks, um Nadja und Gina nicht zu beleidigen. Das Zeug war immer noch besser als dieser Prosecco oder der saure Wein, den alle *trocken* nannten und der ihm die Wangen zusammenzog.

Dann ertönte der alte Beatles-Song *I'm a loser* und brachte die Partygesellschaft in Stimmung. Schließlich zog Nadja einen Zettel aus einer Blumenvase. Sie las den ersten Namen vor, und Johannes Sinklär war dran.

Er nahm auf dem heißen Stuhl Platz, der eigentlich ein bequemer Sessel war. Er hielt ein Weinglas in der Hand und drehte es zwischen den Fingern. Nadja fragte ihn, in welcher Kategorie er sich als größter Loser bewerbe.

Völlige Stille irritierte Rupert und signalisierte: Es wird ernst.

Johannes Sinklär sprach nicht mehr ganz so laut. Der Brustton der Überzeugung war einem verhaltenen, heiseren Piepsen gewichen.

»Viele hier kennen mich«, sagte er. Fee lachte gekünstelt auf. »Und ich bewerbe mich heute als größter Versager in der Kategorie *Schule und Beruf.*«

Irgendjemand rief: »Hört, hört!«

Eine junge Frau in einem gräßlichen Sekretärinnenkostüm, das Rupert ihr nur zu gern ausgezogen hätte, kicherte.

Rupert verschränkte die Arme vor der Brust und hörte zu.

Gina, die Altenpflegerin mit der wilden Frisur, flüsterte: »Ich denke, der ist Millionär.«

»Ja«, sagte Johannes Sinklär und befeuchtete seinen trockenen Mund mit einem Schluck Grauburgunder, »ich weiß, ihr denkt alle, ich sei der

Prototyp des Erfolgsmenschen, und das stimmt ja irgendwie auch. Die meisten Geschichten, die über mich kursieren, sind leider wahr.« Er zählte auf: »Ich habe eine Villa im Tessin und eine Finca auf Mallorca.« Er breitete die Arme aus und machte ein Gesicht, als müsse er sich dafür entschuldigen. »Meine erste Million habe ich mit dreißig gemacht. Inzwischen sind es geschätzte sechzig.«

»Typisch Loser«, grinste der Fernsehkommissar und klatschte demonstrativ Beifall.

Rupert empfand Johannes Sinklärs Rede als besonders geschickten Versuch, sich bei der Damenwelt beliebt zu machen und als Ehekandidat ins Gespräch zu bringen. Die mit dem zwei Nummern zu engen Sekretärinnenkostüm sah schon aus, als würde sie gleich über Sinklär herfallen. Sie himmelte ihn an, aber auch die Altenpflegerin machte auf Rupert den Eindruck, jederzeit bereit zu sein, ihren Beruf aufzugeben, um sich stattdessen lieber um Johannes Sinklärs Wohlergehen zu kümmern.

»Ich habe viele Firmen saniert und aus der Krise geführt. Einige im Grunde insolvente Unternehmen habe ich zu wahren Goldgruben gemacht.«

»Zur Sache, Schätzchen!«, rief Nadja und erntete Lacher.

Sinklär nickte ihr zu und nippte noch einmal an seinem Glas. »Aber mit einer sehr wichtigen Firma bin ich gescheitert. Ich habe mein Bestes gegeben, aber den Laden immer weiter in den Dreck gefahren und am Ende Konkursantrag stellen müssen. Ich konnte nicht einmal mehr die ausstehenden Gehälter und Sozialabgaben zahlen …«

Er schluckte und schlug die Augen nieder. Für Rupert sah die Geste einstudiert aus.

»Ich bin«, gestand Johannes Sinklär, »mit 2,7 Millionen pleitegegangen.«

Er wirkte, als würde er auf Mitgefühl hoffen, doch er erntete Gelächter und Spott.

Ein graumelierter Mitfünfziger hatte sich noch nicht die Mühe gemacht, sich zu setzen. Er stand lässig an die Wand gelehnt da und beobachtete das Geschehen. Dabei hatte er einen leicht arroganten Zug um die Mundwinkel herum, wie Rupert es von Menschen kannte, die, aus Angst, abgelehnt zu werden, erst mal alle anderen ablehnten.

»Damit kannst du hier nichts werden, Sheriff. 2,7 Millionen Schulden, das ist ein Fliegenschiss!

Damit wäre ich an deiner Stelle erst gar nicht angetreten! Ich habe elf Millionen Minus gemacht.«

Er hielt Papiere hoch, als sei er bereit, seine Behauptung sofort zu belegen.

Die zwei kannten sich, folgerte Rupert, denn Sinklär konterte: »Ich war gerade einmal dreißig Jahre alt, Ben.«

»Ich war vierundzwanzig!«, triumphierte Ben. »Hatte jemand mit vierundzwanzig mehr als elf Millionen Schulden? Bitte aufzeigen!«

Eine junge Frau meldete sich wie in der Schule. »Ja, mein Mann, also, mein Exmann, hat gut zwanzig Millionen in den Sand gesetzt. Aber das hat er erst mit dreißig geschafft.«

Eine Lachsalve erschütterte den Raum.

»So ein Versager«, grinste Nadja. Sie schien sich prächtig zu amüsieren.

Aber Johannes Sinklär gab sich noch nicht geschlagen. Er betonte weinerlich: »Es war die Firma meines Vaters!«

Gina rückte auf ihrem Stuhl herum, als sei der Sitzplatz heiß geworden. Sie hätte Sinklär zu gern getröstet, vermutete Rupert. Er war sich sicher, dass dieser breitschultrige Kerl die heutige Nacht nicht alleine im Bett verbringen musste. Er hatte nicht gerade die freie Auswahl, aber es flogen ihm erstaunlich viele Herzen zu.

»Ich habe«, betonte Sinklär, »damals sehr gelitten. Später habe ich zig Unternehmen saniert, aber bei der Firma meines eigenen Vaters habe ich versagt. Ich war einfach nicht hart und konsequent genug.«

»Eine Runde Mitleid für Johannes!«, forderte Nadja, und ein paar Gäste machten laut: »Ooooch.« Andere klatschten Beifall.

Sinklär versuchte nachzulegen: »Ich hatte meinem Vater am Sterbebett geschworen, die marode Firma zu retten …«

»Bei Pleiten und Konkursen zählen nur Zahlen, Johannes, das weißt du doch!«, rief Ingo, und bemühte sich, genauso zu klingen, wie jedermann ihn aus dem Fernsehen kannte.

Nadja schlug gegen ihr Glas, um sich Aufmerksamkeit zu verschaffen. »Das war also die Bewerbung von Johannes Sinklär in der Kategorie *Schule und Beruf*. Wir machen weiter mit …«, sie griff in die Blumenvase und zog erneut einen Zettel, »mit Rupert!«

Wie einen Trostpreis oder eine pädagogische Unterstützung drückte Gina Rupert ein Glas Rosé in die Hand und nahm ihm das leere Cocktailglas ab.

Er hatte nicht damit gerechnet, so schnell dran zu sein. Er hätte lieber erst noch eine Weile zugeguckt, um alle Regeln des Spiels – vor allen Dingen die unausgesprochenen – zu verstehen. Aber er wollte sich nicht drücken.

Frauen standen nicht auf Feiglinge. Sie heirateten sie höchstens und gingen dann mit mutigen Draufgängern fremd. Davon war Rupert überzeugt.

Er leerte sein Weinglas mit einem Zug. Er fragte sich, wie ein Mensch so blöd sein konnte, Rosé zu trinken. Es ging doch nichts über ein anständiges gezapftes Pils.

Jetzt, da ihn alle ansahen, fühlte er sich auf dem heißen Stuhl eigentlich sehr wohl. Er genoss es, sich vor so vielen schönen Frauen in Szene setzen zu können. Die Männer waren ihm letztendlich egal.

Er hatte nicht vor, so eine weinerliche Mitleidsnummer abzuliefern wie sein Vorredner. Stattdessen sprach er siegessicher, mit fester Stimme:

»Mein Name ist Rupert, Mordkommission, und normalerweise stelle ich die Fragen. Meine Aufklärungsquote lag im letzten Jahr bei hundertdreißig Prozent.«

»Kollege Scherzkeks!«, rief der Fernsehkommissar. Das ging aber im Gelächter unter.

Rupert erklärte: »Das ist kein Witz. Letztes Jahr haben wir noch zwei Mordfälle aus dem Vorjahr aufgeklärt, und damit lag die Quote bei über hundert Prozent.«

Ein stattlicher Mann, der seinen großen Bauchumfang mit Stolz trug, freute sich: »Ich war neulich bei einem Comedian. 49 Euro Eintritt. Aber ich habe in den zwei Stunden weniger gelacht als hier in den ersten paar Minuten.«

Rupert erhielt Zwischenapplaus.

Jetzt zeigte er sein Zeugnis vor: »Ich bin auf dem Ulrichsgymnasium in Norden sitzengeblieben. Englisch, Deutsch, Geschichte: mangelhaft. Mathematik: ungenügend.«

»Und damit bewirbst du dich hier?«, lachte Fee. »Das ist doch wohl nicht dein Ernst, Rupert! Das kann ich ja sogar toppen!« Sie schwenkte ein Papier. »Drei Sechsen! Eine Fünf!« Sie sah sich im

Raum um, erhielt aber nur mäßigen Applaus. Zu Rupert gewandt rief sie: »Ich dachte, du bewirbst dich hier in der Kategorie *Sex, Ehe und Familie* und so … Als Meister des vorzeitigen Samenergusses zum Beispiel!«

Gina, die Altenpflegerin, kicherte vor Freude und hielt sich eine Hand vor den Mund.

Rupert blähte sich beleidigt auf. Das ging ihm nun doch entschieden zu weit. Er begann, unter den Achseln zu schwitzen.

Aber dann zeigte Fee auf Sinklär. »Oh, entschuldige bitte, Rupert! Den Rekord hält er natürlich. Wie konnte ich das nur vergessen …«

Sinklär grinste breit, als hätte Fee einen Witz gemacht, aber er wirkte getroffen. Je mehr er sich bemühte, es zu überspielen, umso deutlicher wurde, dass sie ihn erwischt hatte.

Jetzt erhob sich ein Mann, der versuchte, die Peinlichkeit für Sinklär vergessen zu machen. Er zwinkerte Sinklär zu, hatte für Fee aber nur einen vernichtenden Blick übrig. Dann triumphierte er: »Vier Sechsen, drei Fünfen! Kann das jemand toppen?«

»Und dann hast du den Hauptschulabschluss

doch noch nachgemacht und bist Investmentbanker geworden?«, giftete Fee.

»Immobilienmakler«, korrigierte er schnippisch. »Nach Diplomabschluss.«

»In Wirtschaftswissenschaften!«, rief eine Blondine dazwischen und gestikulierte, als würde sie schnell ein Glas leeren.

Gina nippte an ihrem selbstgemischten Drink und freute sich: »Dieses Fest, liebe Nadja, verwandelt unsere Niederlagen in Siege! Ich danke dir dafür, dass ich dabei sein darf!«

Sie umarmte Nadja. Dann outete sie sich geradezu aufgekratzt: »Wer hat etwas Sinnloseres studiert als ich? Byzantinische Archäologie! Ein wunderbarer Einstieg ins Berufsleben … als Altenpflegerin!«

»Ägyptologie und Komparatistik!«, rief jemand, und ein anderer konterte: »Sinologie! Danach war ich drei Jahre lang Taxifahrer in Berlin und dachte immer, eines Tages hole ich drei Chinesen vom Flughafen ab und frage sie in astreinem Hochchinesisch, wohin sie wollen. Ist aber leider nie passiert. Ich kann nicht nur Mandarin, sondern auch noch Burmesisch.«

Nadja wiegelte ab: »Hey, hey, hey! Ihr seid doch noch gar nicht dran. Das Los entscheidet. Und noch sitzt Rupert auf dem heißen Stuhl!«

Ruperts Stirn begann, schweißnass zu glänzen. Er winkte ab: »Ach, ich glaube, auf eurer Loserparty werde ich wohl letzten Endes der Loser sein. Ihr seid ja alle viel besser als ich.«

Ingo, der Fernsehkommissar, wollte Rupert so leicht nicht vom heißen Stuhl lassen. »Aber hallo, Herr Kollege, das kann doch unmöglich alles gewesen sein! So ein paar poplige Schulnoten! Hast du nie einen Falschen verhaftet? Nie auf einen Unbewaffneten geschossen? Ich habe in meinem letzten Film – ohne jetzt zu viel verraten zu wollen – einen Unschuldigen ausgeknipst.«

»Ja«, feixte Rupert, »im Film. In der Realität bekämst du eine Menge Ärger, und du wärst vermutlich auch deinen Job los.«

»Zum Glück!«, zischte Ben.

Rupert stand auf und zeigte seine leeren Hände demonstrativ vor: »Ja, also … Mehr habe ich euch leider nicht zu bieten.«

»Versager!«, lachte Sinklär. Dabei klang er merkwürdig verbittert.

Aber Ingo gab nicht auf. Vielleicht, dachte Rupert, hat er nur Schiss, gleich selbst dranzukommen, und will mich deswegen nicht aus dem Rennen lassen.

»Ich wette, Rupert, du hast dich einfach nur in der falschen Kategorie beworben. Bist du nie von deiner Frau in flagranti erwischt worden oder so?«

Fee zeigte auf Johannes Sinklär: »Darin ist er Spezialist. Ich hab ihn gleich dreimal ertappt. Jedes Mal mit einer anderen!«

Gina tippte sich an die Stirn: »Wie peinlich ist das denn?«

Ingo plusterte sich auf. »In Filmen nennt man das einen Running Gag.«

John Sinclair gab jetzt den Hippie, was gar nicht zu seinem Aussehen passte: »Eifersucht?! Besitzdenken?! Davor graut es mir! Damit kann ich gar nichts anfangen. Ich gehöre niemandem. Nur mir selbst!«

Fee hob Mittel- und Zeigefinger zu einem Victory-Zeichen. »Love and Peace, Bruder!«

Nadja stand plötzlich neben Rupert, umarmte ihn demonstrativ, fuhr mit der rechten Hand durch seine Minipli und hauchte in sein Ohr: »Du hast das ganz wunderbar gemacht. Aber als Versager bist du halt ein Versager.«

Die Berührung lief Rupert durch den ganzen Körper, als hätte es plötzlich begonnen zu schneien. Ja, er fühlte sich an dieses Kribbeln auf der Haut erinnert, das er zum ersten Mal erlebt hatte, als er glänzend vor Schweiß nach einem Aufguss aus der Sauna ins Freie lief, und es hatte zu schneien begonnen. Die Schneeflocken schmolzen auf seiner heißen Haut, und er war damals sehr glücklich gewesen. Eins mit sich selbst.

Nadja zwinkerte ihm komplizenhaft zu und zog einen neuen Zettel aus der Losvase. Diesmal war Fee dran, und wenn Rupert sich nicht täuschte, wirkte Ingo Kuklinski erleichtert.

Fees Auftritt war Rupert von Anfang an zu theatralisch. Wenig geeignet, um die Party in Gang zu bringen. Nicht eine Spur von Witz und Ironie. Sie sprach mit einer Grabesstimme, als müsse sie jeden Moment heulen. Sie erzählte, dass sie am liebsten wieder abgereist wäre, als sie Johannes Sinklär gesehen hatte. Jetzt ging sie Nadja direkt an. Sie habe auch kein Verständnis dafür, warum sie ihr das antue: »Wenn ich vorher gewusst hätte, dass er kommt, wäre ich zu Hause geblieben, da kannst du aber sicher sein. Ja, verdammt, die Wunde ist noch nicht ganz verheilt und wird hier wieder aufgerissen. Ich wollte den höchstens vor Gericht wiedersehen.«

Sie begann tatsächlich zu weinen und fühlte sich bemüßigt, ihr Kurzehedrama zum Besten zu geben. Johannes Sinklär sei ein Dieb, ein Räuber, der seinen Charme einsetze, um alles und alle auszuplündern. Firmen genauso wie Menschen. Sie nannte ihn einen Soziopathen, der ihr alles genommen habe, vor allen Dingen das Vertrauen in Liebe und Freundschaft. Seit inzwischen drei Jahren tobe ein erbitterter Rosenkrieg.

»Alles genommen«, lachte er bitter. »Du bekommst eine Viertelmillion!«

»Ja«, gab sie zu, »laut Ehevertrag! Aber das Spiel ist noch lange nicht entschieden. Mein Anwalt wird dir das Fell über die Ohren ziehen, Hasi!«

Ben fand, das gehe jetzt alles ein bisschen zu weit und man brauche eine Pause. Die meisten stimmten ihm zu.

Gina und Nadja mischten noch ein paar bunte Drinks. Rupert sah ihnen dabei gerne zu und probierte.

Jetzt liefen wieder die Beatles, und einige ganz Verwegene wollten lieber tanzen, als ihre Verlierergeschichten zum Besten zu geben.

Rupert genoss die Drinks und wurde langsam auf eine flirrende Art betrunken. Immer wenn Nadja ihrer Gastgeberrolle nachkam und sich um Wünsche und Fragen ihrer Loserparty-Teilnehmer kümmern musste, beflirtete Gina Rupert so heftig, dass ihm ganz anders wurde.

Rupert liebte ja mehr die Rolle des Eroberers. Dieser draufgängerische Frauentyp machte ihn verlegen.

Flüsterte sie in sein Ohr, oder knabberte sie schon daran? Jedenfalls kitzelten ihre Haare in seinem Gesicht.

Sie schlug vor, einen Spaziergang zu machen. Rupert war einverstanden. Gina führte ihn mit wenigen Schritten in die Dünen. Sie hatte eine Menge Ahnung von Vögeln, und Rupert gab sich interessiert. Er beobachtete mit ihr Austernfischer, Kiebitze und Uferschnepfen. Sie nannte die Vögel »Wiesenbrüter«, und wo sie aufflogen, hüpfte ihr Herz höher, und sie griff jedes Mal hin, als müsse sie es in die Brust zurückdrücken.

Rupert sah einen Fasan und zeigte darauf. Sie war begeistert.

Sie entdeckte eine Rohrweihe, und Rupert, der diesen Namen noch nie zuvor gehört hatte, tat, als sei er geradezu Rohrweihenspezialist.

Jetzt, in der frischen Abendluft, merkte er erst, dass er ganz schön Alkohol getankt hatte. Er nannte den Zustand, in dem er sich befand »gut vorgeglüht« und erhoffte sich noch viel von dieser Nacht.

Über einen Stacheldraht stieg er hinter Gina her auf eine saftige Wiese. Ein milder Nordwestwind erfrischte ihn. Er stand jetzt im hohen Gras und ließ sein Hemd auslüften.

Suchte sie eine seltene Vogelart oder ein einsames Plätzchen für Liebesspiele? Hier stellte er sich Sex im Freien großartig vor. Da war der Wind, und da war das Meer und über ihnen ein nachtblauer, sternenklarer Himmel.

Er sah auf Ginas Po. Da hörte er neben sich ein rupfendes Geräusch.

Ganz langsam drehte er sich in die Richtung und sah keine drei Meter von sich entfernt zwei zottelige Hochlandrinder mit mächtigen Hörnern. Eins kaute Gras, das andere guckte nur interessiert.

»Ähm …«, sagte Rupert, um Gina auf sich aufmerksam zu machen, aber sie pirschte vorwärts.

»Du, ich … ich bin doch kein Torero. Wir sollten umkehren, solange es geht.«

Links traten noch mehr Rinder aus dem Schatten der Bäume und näherten sich. Rupert hatte das Gefühl, schlagartig nüchtern zu sein.

»Rückzug!«, zischte er leise.

Gina schaute sich um.

»Die Viecher sind in der Überzahl«, stellte Rupert fest. »Wo bin ich hier? Im Jurassic Park?«

Sie strahlte ihn mit ihren weißen Zähnen an, die im Abendlicht besonders gut zur Geltung kamen.

»Das sind nur die Highlander von Heiko Arends. Die tun nichts.«

Rupert konnte so viel Naivität kaum fassen. »Das sind Bullen!«, flüsterte er eindringlich. »Mit solchen Hörnern!« Er zeigte die beeindruckenden Hörner noch größer, als sie in Wirklichkeit waren.

»Die sind friedlicher als die meisten Menschen.«

»Können wir trotzdem gehen? Ich glaube, ich habe da hinten noch ein paar ganz tolle Lachmöwen gesehen.«

Er drehte um und bewegte sich langsam tastend vorwärts. Die letzten paar Meter bis zum Zaun rannte er und brachte sich mit einem Sprung in Sicherheit, der gar nicht gut für sein Iliosakralgelenk war.

Gekrümmt wie ein Fragezeichen stöhnte Rupert hinter dem Zaun, während ein Hochlandrind ihn anglotzte, wie zur Antwort blökte und die zotteligen Haare schüttelte.

Gina kam unbesorgt näher. Sie grinste.

Macht die sich über mich lustig?, dachte Rupert. Hat die mich absichtlich hier im Dunkeln hingeschleppt, um zu zeigen, wie taff sie ist? Wollte die mich testen?

Gina lachte ihn an. »Du hast Rückenprobleme, stimmt's? Ich lasse mich immer von Michael Thannberger im Kur- und Wellness-Center massieren. Versuch es mal. Der kriegt dich garantiert wieder hin. Von ihm habe ich die beste Massage meines Lebens erhalten.«

Sie machten noch einen langen Spaziergang. Sie schwiegen viel, was Rupert gefiel, und ab und zu blieben sie stehen und genossen es einfach nur, auf diesem zauberhaften Fleckchen Erde zu sein.

Sie erzählte Rupert von ihrem Studium und der Demenz ihrer Mutter. Dadurch habe ihr Leben eine völlig andere Richtung genommen und jetzt sei sie sehr glücklich in ihrem neuen Beruf. Sie sei skandalös unterbezahlt, aber seelisch trotzdem irgendwie angekommen. Altenpflege sei genau ihr Ding.

Rupert konnte sich prickelndere Gesprächsthemen vorstellen, war aber froh, dass seine Flucht vor den Hochlandrindern nicht thematisiert wurde.

Immer wieder blieb sie stehen und roch. Wie ein schnupperndes Hündchen kam sie ihm vor. Sie betonte, diese Insel habe so einen ganz eigenen, herrlichen Geruch. Er gab ihr recht, wusste aber eigentlich gar nicht, wovon sie sprach.

Gina schlug vor, morgen in den Ostteil der Insel zur Meierei zu radeln und dort Dickmilch mit Sanddorn zu essen. Sie schwärmte davon, doch Rupert konnte sich nichts Schlimmeres vorstellen als Dickmilch mit Sanddorn, und dann auch noch zur Krönung eine Radtour. Sein Iliosakralgelenk tat schon weh, wenn er nur daran dachte.

Wieder in Nadjas Ferienhaus zurück, genehmigte Rupert sich einen Drink, den Nadja für ihn gemischt hatte und der *Sex on the Beach* hieß. Das rote Zeug war Rupert eigentlich ein bisschen zu süß. Es schmeckte nach Cranberries und Pfirsichlikör. Gina nahm die alkoholfreie Variante: *Safer Sex on the Beach.*

Nadja benutzte ein großes scharfes Messer wie ein Fallbeil, wenn sie Orangen und Limonen teilte. Dann sauste die scharfe Klinge mit präzisen Schnitten durch eine Ananas.

Sie liebte es, Drinks zu mixen. Das Klirren von Eiswürfeln war ihre Lieblingsmusik.

Rupert probierte einen *Tequila Sunrise*, aber trotz Zitronensaft und doppeltem Tequila war ihm auch der zu süß. Er fragte, ob nicht etwas Süffigeres da sei.

Er erinnerte sich noch daran, die schaumige Krone vom *Gin Fizz* geschlürft zu haben. Dabei grinste er über den Fernsehkommissar, der merkwürdig zerknirscht in der Ecke stand. Rupert folgerte daraus, dass er seinen Auftritt auf dem heißen Stuhl bereits hinter sich hatte.

Nach dem *Gin Fizz* öffnete Rupert sich eine Flasche Bier. Er konnte die kühle Flasche noch in der Hand spüren, aber dann hatte er das, was im Volksmund *Filmriss* genannt wird.

Rupert wurde von einem Schrei geweckt. Er schrak hoch und wusste nicht, ob er geträumt hatte oder ob tatsächlich jemand so herzzerreißend kreischte.

Unter ihm wackelte alles. Er hatte einen Geschmack im Mund, als hätte er verdorbene Austern gegessen, und in seinem Gehirn hämmerte ein unschuldig verurteilter Häftling gegen die Zellentür.

Er drückte sich auf dem Wasserbett hoch und stellte fest, dass er nicht allein war. Der Wuschelkopf neben ihm gehörte ganz klar Gina. Rupert konnte zwar ihr Gesicht nicht sehen, das hielt sie ins Kissen gedrückt, dafür ragte ihr braungebrannter Po unter der Bettdecke hervor.

Entweder sie schlief mit Ohrstöpseln, oder sie war halb bewusstlos, jedenfalls reagierte sie nicht auf das hysterische Gebrüll.

Rupert wollte an der anderen Seite aus dem Bett steigen, doch dort lag auch jemand: Nadja. Er zog ihr die Decke weg, um sich aus dem Lakengewirr zu befreien.

Nadja war bis auf einen weißen BH nackt. Rupert hielt einen Moment inne.

Habe ich heute Nacht mit zwei Frauen Sex gehabt?

Wie ungerecht ist das denn? Ich kann mich an zig unangenehme Dinge in meinem Leben erinnern, die ich nur zu gern vergessen würde, aber dieses tolle Abenteuer mit den zwei Zuckerschnecken ist aus meinem Bewusstsein getilgt? Oder habe ich kläglich versagt, weil ich zu besoffen war, und deswegen hat mein Gehirn diese peinliche Blamage vorsorglich gelöscht?

Nadja und Gina schaukelten auf dem Bett hin und her, weil Rupert aufstand und das Gewicht sich verlagerte. Sie rollten beide zur Mitte. Es gluckerte, und Rupert wusste nicht, ob sein Magen das Geräusch gemacht hatte oder das Wasserbett.

Nadja reckte jetzt den Kopf hoch. Sie lächelte Rupert verwirrt an.

»Wer schreit denn da?«

»Keine Ahnung«, grummelte Rupert. Er suchte seine Hose, fand sie und stieg hinein. Er registrierte dabei erfreut, dass er eine Unterhose trug und nicht ganz nackt vor Nadja stand.

Die erhob und reckte sich und gähnte.

Mit den Worten »Ich seh nach« verließ Rupert den Raum.

Im Flur, zwei Zimmer weiter, stand Fee kreidebleich vor einer offenen Tür und zeigte ins Zimmer. Inzwischen schrie sie nicht mehr, sondern war in eine Art Schnappatmung verfallen. Sie trug ein knielanges Nachthemd, das Rupert an seine Frau Beate denken ließ, und er bekam sofort Gewissensbisse wegen der zwei Damen auf dem Wasserbett.

Fee wollte etwas sagen, doch nur Grunzlaute kamen über ihre sonst so redegewandten Lippen.

Rupert betrat das offene Zimmer barfuß. Auch hier ein Wasserbett. Darauf lag Johannes Sinklär mit weit offenem Mund und verkrampften Händen. Ein Messer steckte in seiner Brust.

Der Griff erinnerte Rupert an das Messer, mit dem Nadja gestern Abend Orangen und Limonen zerteilt und Ananasschiffchen geschnitzt hatte.

Rupert musste den Puls nicht fühlen und erst recht keinen Spiegel vor Sinklärs Lippen halten. Er wusste auch so, dass dieser Mann, mit einem geschätzten Vermögen von sechzig Millionen, tot war wie die Ausstellungsstücke in den Totenwelten Gunther von Hagens'.

Hinter Fee tauchte jetzt Nadja auf. Sie hatte sich einen flauschigen weißen Bademantel angezogen und trug Flipflops.

Als sie sah, was geschehen war, öffnete sie ihren Mund weit, und obwohl kein Ton herauskam, hielt sie die rechte Handfläche vor ihre Lippen, als würde sie einen zu lauten Schrei im Keim ersticken.

»Dies ist ein Tatort«, stellte Rupert trocken fest. »Bitte geht nicht in den Raum, und fasst hier auch nichts an. Ich rufe jetzt die Spusi …«

Fee zitterte. »Ja, aber … Was sollen wir denn jetzt machen?«

»Kaffee«, schlug Rupert vor. »Und dann versammeln wir uns alle unten im Wohnzimmer und rekonstruieren den Abend, bis die Kollegen hier sind.«

Er ging zurück in sein Zimmer. Gina saß auf dem Bett und kratzte sich die Kopfhaut. Als Rupert den Raum betrat, zeigte sie sich ihm in ihrer ganzen Pracht und stöhnte: »Hast du mal eine Aspirin und ein großes Glas Wasser? Ich hab geträumt, hier hätte jemand rumgebrüllt wie ein angeschossenes Wildschwein.«

Sie schwankte, noch schlaftrunken, auf Rupert zu. Sie umarmte ihn und sang ihn an: »Oh darling, you are wonderful tonight.«

Rupert mochte diesen Clapton-Song, aber aus Ginas Mund schlug ihm ein saurer Atem ins Gesicht, als sei die Erfindung der Zahnbürste spurlos an ihr vorübergegangen. Der Atem erinnerte ihn daran, dass er sich jetzt selbst dringend die Zähne putzen sollte.

Sie wollte ihn küssen, und weil er das Gesicht wegdrehte, sang sie weiter, so gut sie konnte: »I feel wonderful, because I see the lovelight in your eyes.«

Er schob sie von sich weg. Es schien ja wirklich eine heiße Nacht gewesen zu sein.

»Wir haben nebenan eine Leiche. Die Party ist vorbei. Bitte zieh dich an, Gina.«

Er erlebte die Situation als Triumph und Niederlage gleichzeitig. Einerseits fühlte er sich dadurch, dass Gina den Clapton-Song so anspielungsreich sang, in seiner Männlichkeit geadelt und bestätigt. Andererseits konnte er sich das Grinsen seiner Kollegen vorstellen, wenn der Sachverhalt hier aufgenommen werden würde.

Schlimmer noch die anschließende Gerichtsverhandlung. Das würde seine Frau ihm nie verzeihen. Ein kleiner Seitensprung, herrje, das war sie gewöhnt. Aber gleich zwei Frauen ... nein, das war entschieden zu viel. An die Reaktion seiner Schwiegermutter wollte er lieber gar nicht erst denken. Die hasste Männer sowieso und ihn ganz im Besonderen.

Heute Morgen hatte Ann Kathrin Klaasen Dienst im K1. Der Fall würde also von ihr übernommen werden. Wie würde er vor ihr dastehen ... Ausgerechnet vor ihr ...

Es gab nur eine Möglichkeit für ihn, dies hier heil zu überstehen: Er musste den Mordfall lösen, bevor die Kollegen vom Festland kamen und Ann Kathrin Klaasen die Sache an sich riss.

Er wollte nicht als Zeuge in den Akten auftauchen, sondern lieber als Ermittler, der den Fall geklärt hatte. Er brauchte am besten ein unterschriebenes Geständnis.

Nadja schlang jetzt von hinten ihre Arme um Rupert. »Musst du nicht jetzt einen Arzt rufen, um die Todesursache feststellen zu lassen, Schatz?«

»Er hat ein Messer in der Brust. Um das zu sehen, muss man nicht Medizin studieren. Und bitte, nenn mich jetzt nicht mehr Schatz.«

»Sondern? Soll ich ›Oh, du mein Sexgott‹ zu dir sagen?«

Er schluckte. »Nein, bitte nicht. Einfach nur Rupert oder Kommissar.«

»Verstehe. Jetzt wird es offiziell.«

Er suchte seine Anziehsachen zusammen. Der Koffer stand noch ungeöffnet in der Ecke. Leise, ohne sie anzusehen, fragte er: »War es wirklich so heftig heute Nacht?«

»Ja«, stöhnte Nadja wohlig, »es war wild und hemmungslos. Animalisch.«

»Ich hoffe, wir waren nicht zu laut«, kicherte Gina.

Rupert ging ins Bad. Er wusch sich nur die Hände und das Gesicht. Es erschien ihm unangemessen, jetzt zu duschen. Er schnappte sich eine lila Zahnbürste, die dort im Glas wartete, und putzte sich gründlich die Zähne. Er vermutete, dass die Zahnbürste Gina oder Nadja gehörte, und während der Liebesnacht hatten sie sicherlich so viele Körpersäfte ausgetauscht, dass es jetzt keine Rolle spielte, wessen Zahnbürste er gerade benutzte.

Er sah sich im Spiegel. Seine Bartstoppeln schrien nach einer Nassrasur. Er fand, er hatte heute etwas von Bruce Willis. Er schabte mit dem Handrücken über seine Wangen. Es klang männlich.

Rupert wurde jetzt ganz zum Ermittler. Er zählte sich die Fakten auf. Wenn niemand von außen eingebrochen war, dann gab es nur fünf mögliche Täter, nämlich alle die Personen, die die Nacht im Haus verbracht hatten.

Nadja. Gina. Fee. Ingo und ihn selbst.

Rupert inspizierte die unteren Räume. In der Küche, im Wohnzimmer und auf der Toilette waren die Fenster gekippt. Es wäre für jeden Einbrecher ein Leichtes gewesen, hineinzugreifen und ein Fenster mit einem Haken ganz zu öffnen. Aber das war nicht passiert, denn überall standen auf den Fensterbänken bepflanzte Blumenkästen, Figürchen, Nippes, radfahrende Clowns, Möwen auf Strandkörben oder kleine Leuchttürme. Die hätte ein Einbrecher umgeworfen und beim Rückzug auch nicht wieder so platzieren können.

Beide Türen waren verschlossen. Die Schlüssel steckten innen. Also musste der Täter sich noch im Haus befinden.

Ingo, der Fernsehkommissar, galt als Nachtmensch und Morgenmuffel. Das war geschmeichelt. In Wirklichkeit schien einer seiner Vorfahren mal Vampir gewesen zu sein, denn er fühlte sich nur in der Dunkelheit oder bei künstlichem Licht wohl. Er mochte heruntergelassene Rollläden und dicke Vorhänge. Er kam nicht ohne eine Kollektion von Sonnenbrillen aus. Je größer, desto besser.

Er hielt die Hände trotz Brille schützend vor sein Gesicht und drehte sich vom Ostfenster weg, durch das die Sonne hereinschien. Er wirkte auf Rupert merkwürdig desinteressiert und gleichzeitig gut informiert. Für ihn war die wichtigste Frage, ob es Espresso gebe, am besten einen doppelten mit aufgeschäumter Milch, oder ob er etwa diesen grässlichen Filterkaffee trinken müsse.

Er trug einen gestreiften Schlafanzug, der knitter- und faltenfrei war, aber an ihm wirkte wie Sträflingskleidung, wenn man mal außer Acht ließ, dass Gefängnisuniformen nur selten aus Seide hergestellt wurden. Er hielt sein Handy in der Hand und tippte immer wieder darauf herum, als sei das Display seines Handys spannender als alles, was hier im Raum geschah.

»Der Herr Fernsehkommissar«, sagte Nadja leise zu Rupert, »benimmt sich, als würde er jeden Morgen mit einer Leiche im Haus aufwachen.«

»Typisch Mann«, kommentierte Gina, »Hauptsache cool bleiben.«

Fee saß mit an den Körper gezogenen Füßen auf dem Sofa. Sie umschlang ihre Beine mit den Armen und versteckte ihr Gesicht hinter ihren Knien, die Rupert jetzt sehr spitz vorkamen, als habe Fee in den letzten Stunden ein paar Kilo abgenommen.

Rupert stützte sich auf den Sessel, der am Abend der heiße Stuhl gewesen war und der immer noch in der Mitte des Raumes stand. Rupert machte eine klare Aussage: »Einer von uns ist der Mörder.«

Gina riss die Arme hoch: »Wie kannst du so etwas sagen, Rupert? Niemand von uns würde doch …«

Rupert unterbrach sie hart, lächelte sie dabei aber freundlich an, als habe er Angst, Porzellan zu zerschlagen. Er wollte ihr auf jeden Fall signalisieren, dass das, was er sagte, nichts mit ihr zu tun hatte.

»Einer, liebe Gina, hat es aber getan.«

Ingo Kuklinski gähnte. Es wirkte auf Rupert zu herausgestellt, um echt zu sein.

Ingo fragte spitz nach: »Kollege Rupert, leitest du jetzt die Todesermittlungen? Bist du nicht befangen? Immerhin hast du …«

Rupert fuhr ihm gleich entschieden in die Parade: »Wir sind keine Kollegen! Ich bin ein richtiger Hauptkommissar. Sie sind nur eine Fernsehkopie. Und ich schlage vor, dass wir Sie zueinander sagen, denn richtige Kollegen sind wir nicht. Ich ermittle, und ich fürchte, Sie sind verdächtig …«

Gina nickte heftig, und auch Nadja gab ihm recht.

»Was heißt das jetzt?«, fragte Ingo angriffslustig. »Wer sagt uns, ob Sie, lieber Herr Kommissar Rupert, nicht selbst Hand angelegt haben? Immerhin hattet ihr zwei ein mächtiges Konkurrenzding laufen.«

»Was?«, empörte Rupert sich. »Das ist eine üble Unterstellung!«

Ingo ließ das nicht gelten. »Er hat Sie *Versager* genannt.«

Rupert musste lachen: »Auf einer Loserparty ist das ja wohl so eine Art Kompliment.«

»Man kann«, dozierte Ingo, »etwas auf viele Arten sagen. Ironisch. Böse. Lieb. Gemein. Als Frage … Wie viele Bedeutungen kann es haben, wenn ein Kind *Mama* ruft! Es kann sogar ein Hilfeschrei sein.« Er rief *Mama* auf alle erdenklichen Arten: Stolz. Panisch. Sauer. Müde …

Rupert wich vor Ingos Redeschwall einen Schritt zurück. Es sah fast so aus, als würde er hinter dem schweren Ohrensessel Schutz suchen.

Nadja stand ihm bei. Sie wies Ingo zurecht: »Wir sind doch hier nicht auf der Schauspielschule!«

Gina servierte Filterkaffee. »Braucht jemand Milch oder Zucker?«

Rupert entzog sich der Situation und ging ins Bad. Er wählte die Nummer der Polizeiinspektion in Aurich. Marion Wolters hob wie erwartet ab.

Rupert prägte sich die genaue Uhrzeit ein. Dieser Anruf würde später vielleicht noch einmal wichtig werden, falls jemand behaupten sollte, er habe die Kollegen nicht rechtzeitig informiert.

»Moin, Bratarsch«, sagte er. Sie ging sofort hoch. Diesen Anruf würde sie garantiert nicht vergessen. Ja, sie würde ihn weitermelden, und genau das wollte Rupert.

»Du glaubst wohl, du kannst dir alles erlauben, was?«, keifte sie.

Er sprach weiter, als sei nichts gewesen: »Was ist denn? Flipp doch nicht gleich so aus!«

»Du hast mich Bratarsch genannt!«

»Nein, das habe ich nicht.«

»Hast du doch.«

»Du hast dich verhört. Die Verbindung ist schlecht.« Er riss Toilettenpapier ab und versuchte, damit vor dem Handy zu rascheln. »Ich bin auf Langeoog.«

»Ist mir völlig egal, wo du bist.«

»Ich will eine Meldung machen. Verstehst du mich, Marion? Es ist verdammt wichtig ...« Er holte tief Luft. »Tot! Die Verbindung ist tot! Ja, Himmel, Arsch und Zwirn! Kannst du mich hören, Marion? Hallo? Marion? Kannst du mich hören?«

»Ja, ich höre dich gut! Was ist denn?«

Er klickte das Gespräch weg. So. Ab jetzt konnte er immer beweisen, dass er versucht hatte, die Kollegen vom K1 einzuschalten.

Er ging ins Wohnzimmer zurück. Er war froh, dass Nadja und Gina nicht in einen von Eifersucht angeheizten Zickenkrieg verfielen. Ganz im Ge-

genteil. Die Exchefin und ihre ehemalige Untergebene hielten zusammen und spielten sich gegenseitig die Bälle zu.

Rupert fragte sich, ob er vielleicht nicht der Erste war, mit dem die zwei eine gemeinsame Nacht verbracht hatten. War das ihre Masche? Er stellte sie sich vor wie ein kleines Wolfsrudel, das gemeinsam Beute jagte und dann riss. Der Gedanke hatte etwas Prickelndes, aber gleichzeitig wehrte Rupert sich dagegen. Nein, es war alles ganz anders: Die Meerluft auf der Insel, die Drinks und seine animalische Ausstrahlung hatten zu dieser sehr speziellen Situation geführt.

Er reckte sein Kinn vor.

Fee hockte immer noch verkrampft auf dem Sofa.

»Ich weiß nur eins«, brüllte Gina, »ich war es nicht, und Nadja auch nicht!«

Ingo verschränkte die Arme vor der Brust. »So, und warum nicht?«

»Weil«, half Nadja Gina aus, »wir zusammen in einem Zimmer geschlafen haben. Als wir hochgegangen sind, war Johannes noch wach. Er stand da und hat mit Fee gestritten.«

Fee wehrte sich: »Ihr seid gemein!«

Ingo lachte und zeigte auf Rupert: »Heißt das, weder unser kleiner Kommissar noch unser Finanzgenie sind gestern Nacht zum Schuss gekommen?« Kopfschüttelnd fuhr er fort: »Was für eine miese Party.«

Nadja warf Rupert einen Blick zu, der ihm sagen sollte: *Sei jetzt besser ruhig.*

»Also, ich habe die Kollegen informiert. Sie sind unterwegs. Bis sie hier sind, verlässt niemand den Raum, und ich nehme schon mal die Aussagen auf.«

Ingo lachte: »Wie lange soll das denn dauern, bis …«

»Ich schätze, zwei Stunden«, antwortete Rupert. »Vermutlich werden sie den Hubschrauber nehmen, und dann …«

Ingo schlug mit der Hand auf den Tisch. »Ja, sind denn hier auf der Insel keine Polizisten?«

Nadja lachte demonstrativ. »Das ist nicht sein Ernst!«

Rupert ging zum Schreibtisch, erkundigte sich mit einem Blick bei Nadja. Die war wortlos einverstanden, und er benutzte einen karierten Schreibblock und einen Patronenfüller, der malerisch neben einem Tintenfässchen lag, um seine Notizen zu machen.

»Wann ist der letzte Gast gegangen, und wo war Sinklär zu dieser Zeit?«

Ingo stichelte: »Der Herr Kommissar erinnert sich wohl nicht mehr.«

Gina stellte sich neben Rupert, als müsse sie ihn stützen: »Du warst sehr müde und bist hochgegangen, als die Ersten sich ins Hotel zurückgezogen haben. Die Party hat sich dann auch rasch aufgelöst. Irgendwie waren alle geschafft von dem Tag.«

»O Gott«, sagte Nadja erschrocken, »wir müssen die anderen informieren, die wissen ja alle noch gar nicht …«

Rupert wiegelte ab: »Bloß nicht! Wann wollen die denn alle wiederkommen?«

»Na, heute Abend, nach einem entspannten Inseltag«, antwortete Nadja.

Erleichtert fuhr Rupert fort: »Also machen wir jetzt einen Ablaufplan. Wann haben Sie diesen Sinklär zuletzt gesehen?«, fragte er den Fernsehkommissar.

Der zierte sich: »Ist das jetzt eine offizielle Zeugenaussage, wenn ich etwas sage, oder wird das hier so eine Art Verhör? Habe ich ein Zeugnisverweigerungsrecht? Sollte ich vielleicht einen Anwalt hinzuziehen? Oder ist das hier mehr ein privates Gespräch unter Saufkumpanen, morgens nach einer durchzechten Nacht? Obwohl wir uns jetzt siezen, was eigentlich dagegen spricht.«

Plötzlich rastete Fee aus. Sie bekam etwas Spinnenhaftes, fuchtelte mit den Händen durch die Luft und strampelte mit den Beinen. »Du hast ihn umgebracht! Du!«, kreischte sie. Sie war voller Energie, machte aber nicht den Eindruck, als wolle sie auf Ingo losgehen, sondern mehr, als habe sie vor, ihn mit unsichtbaren Fäden einzuspinnen und dann zu ersticken.

»Die zwei Herren kannten sich also schon vor dieser Party …«, stellte Rupert fest und notierte sich etwas.

»Kannten?«, krächzte Fee heiser, als würde ihre Stimme jeden Moment versagen. »John hat Geld in dieses unsägliche Filmprojekt gesteckt. Sein eigenes und dann noch das von Leuten, die er beraten hat. Es waren zwei, vielleicht drei Millionen. Es ging um irgend so eine Steuersparscheiße.«

Ihre Worte saßen, und Ingo zeigte sich getroffen. Sein Gesicht versteinerte zum Pokerface: »Das war eine internationale Filmproduktion.« Er verdrehte die Augen. »Hollywood! Unser Sinklär brachte ihnen *silly money*, wie sie die Abschreibungskohle aus Deutschland nennen. *Dummes Geld!* Ich habe ihm abgeraten, aber er …«

»Er lügt, er lügt!«, rief Fee und hustete. »Er hat ihm das Projekt erst schmackhaft gemacht. John sollte seinen Einfluss geltend machen, um ihm die Hauptrolle zu besorgen. Der Drehbuchautor wurde sogar genötigt, die Rolle umzuschreiben, damit sie für Ingo passte. Die Figur musste fünfzehn Jahre älter werden oder jünger, das weiß ich nicht mehr so genau, jedenfalls haben die beiden sich am Ende verkracht, und John hat sogar dafür gesorgt, dass Ingo die Rolle nicht bekam. Jawohl! Das hat er! Und dann war es aus mit der internationalen Kinokarriere. Ein Star bist du nur hier, fürs Pantoffelkino!«

Rupert konnte gar nicht so schnell mitschreiben. Es tat ihm leid, dass er kein Diktiergerät dabeihatte, und mit der Handyfunktion kannte er sich noch nicht so gut aus. Er brauchte schnelle Ergebnisse und stand kurz vor dem Ziel. Er wendete sich an Ingo: »Was haben Sie dazu zu sagen?«

»Das ist völliger Blödsinn!«

»Woher kannten Sie Sinklär?«

»Durch Nadja«, entfuhr es ihm.

»Und was hatten Sinklär und Sie dann miteinander zu tun?«

Fee schrie dazwischen: »Er hat ihn gebraucht, um Eindruck bei Investoren und Kunden zu schinden. Wenn so ein berühmter Schauspieler mit am Tisch sitzt, fühlen sich gleich alle wichtig und ganz besonders, und sie haben dann abends auch ihren Frauen was zu erzählen, und man macht Fotos, und in so einer Atmosphäre laufen die Geschäfte einfach besser.«

Ingo stöhnte. »Immer wieder diese öden Essen! Langweilige Gespräche. Ich war sein Vorzeigeidiot.«

Rupert hakte nach: »Und was haben Sie dafür bekommen? So etwas macht man doch nicht ehrenamtlich, oder?«

Fee zeigte auf Ingo, und Speichel flog aus ihrem Mund, als sie giftete: »Dafür sollte er ihn nach Hollywood bringen!«

Ingo sah Rupert in die Augen. »Quatsch! Ich habe fünftausend pro Abend erhalten, Herr Kommissar.« Der Fernsehkommissar stolzierte durch den Raum, während er sprach. »Ja, da gucken Sie, was, Rupert? Fünftausend Euro für ein Abendessen. Und glauben Sie mir, es wurde immer fürstlich gespeist. Da hat sich John ja nie lumpen lassen. Was verdienen Sie an einem Abend, Rupert? Haben Sie sich das mal ausgerechnet? Aber jetzt im Ernst: Würden Sie jemanden erdolchen, der Ihnen fünftausend am Abend zahlt? Dafür, dass Sie essen, lächeln und mal eine Anekdote erzählen?« Er tippte sich an die Stirn. »Niemand würde so einen Goldesel schlachten.«

Rupert rutschte der Satz unkontrolliert heraus: »Da ist etwas dran!«

Das gefiel Fee überhaupt nicht. Sie attackierte Rupert: »Ach, geht das hier jetzt gegen mich?«

»Immerhin«, sagte Rupert, »hast du ihm vorgeworfen, er leide unter vorzeitigem Samenerguss.«

Sie zog, wie auf der Suche nach Komplizinnen, gestisch die anderen Frauen in ihre Rede mit ein: »Na und? Bringen wir Männer deswegen um?

Dann würden von euch nicht mehr viele lebendig rumlaufen, Rupert, glaub mir!«

Es war ihm peinlich, und er wollte das Thema wechseln. Genau das hatte sie beabsichtigt.

Ingo ging Fee jetzt direkt an: »Mordmotiv Hass! Das ist alt wie die Welt. Es gibt überhaupt nur zwei Mordmotive: Hass oder Gier. Und wie sehr du ihn gehasst hast, Fee, das durften wir alle gestern erleben.«

Rupert ging dazwischen. »Irrtum, Herr Fernsehkommissar. Es gibt viel mehr Motive. Zum Beispiel waren die meisten Morde, an deren Aufklärung ich maßgeblich beteiligt war, Verdeckungstaten. Die meisten töten die Frau, die sie vergewaltigt haben, nicht aus Mordlust, sondern aus Angst vor Entdeckung.«

Ingo deutete grinsend zur Decke, als würde der Tote über ihnen schweben. »Sieht der alte Sinklär aus, als sei er vergewaltigt worden?«

Es irritierte Rupert, dass Ingo dauernd mit seinem Handy herummachte.

»Legen Sie das Ding weg, wenn ich Sie verhöre!«

»Ach, werde ich verhört?«, gab Ingo zurück.

In Ruperts Hose tutete das Schiffshorn der Frisia V. Mit diesem Klingelton wollte Rupert ein klares Zeichen gegen Ann Kathrin Klaasens Seehundgeheul oder Wellers *Piraten Ahoi!* setzen.

Rupert ging ran. Marion Wolters' nervige Stimme löste sofort einen Druck zwischen Ruperts Schläfen aus. Wenn er ihr zu lange zuhörte, bekam er zunächst Zahn- und später Kopfschmerzen. Er war – so vermutete er – gegen diesen Ton einfach allergisch.

»Wir sind vorhin unterbrochen worden. Du bist doch auf Langeoog, du Versager, oder?«

Er ging auf das Wort *Versager* nicht ein. »Ja, bin ich.«

»Bei euch ist was los. Ich habe hier zig Anrufe und E-Mails. Auf Facebook tobt der Bär. Dieser Schauspieler, der den Kommissar Lindemann spielt, dieser Ingo Kuklinski …«

»Ja, was ist mit dem?«

»Also, ich finde den ja ganz toll!«, schwärmte Marion Wolters. »Der hat schon ein paar hundert *Gefällt-mir-Klicks* für seinen *Mord auf Langeoog.* Du bist doch gerade da, und ich dachte … Wer weiß, ob das ein Publicity-Scherz ist oder nicht …«

Rupert klickte das Gespräch weg und riss Ingo Kuklinski das Handy aus der Hand. »Pflegen Sie hier Ihre Facebook-Seite, oder was?«, fauchte Rupert. Er ahnte noch nicht, wie recht er damit hatte. Rupert sah auf dem Display die geöffnete Fanseite. Fassungslos las er, was dort stand:

Das Leben schreibt die besten Geschichten. Ich bin in einer Agatha-Christie-Situation. Ein einsames Haus auf einer Insel. Fünf Personen und eine Leiche. Einer von uns muss der Täter sein. Der trottelige ostfriesische Kommissar wird den Fall sicherlich nicht lösen, aber zum Glück bin ich ja vor Ort. Ein Fall für Kommissar Lindemann! Reality meets Fiction auf der schönen Pirateninsel Langeoog.

Ruperts Gehirn lief auf Hochtouren. Alles, was der Sauhund tut, macht er, um eine Außenwirkung zu erzielen. Er will den Mordfall für seine Publicity nutzen. Am Ende möchte er als der Typ dastehen, der den Täter überführt hat. Hat er den Mord vielleicht sogar begangen, um wieder in die Schlagzeilen zu kommen?

»Jetzt wird der trottelige ostfriesische Kollege dir mal zeigen, wo der Hammer hängt«, grummelte Rupert, und Nadja rief: »Bälle flach halten, Jungs!«

Rupert und Ingo standen sich wie zum Duell gegenüber.

»Keine Hahnenkämpfe!«, mahnte Gina.

Fee triumphierte: »Wenn das hier so eine Art Schwanzvergleich werden soll, wer den Längsten hat oder was, dann hat Rupert sowieso gewonnen!«

Einerseits zauberte sie damit ein Lächeln auf Ruperts Gesicht und gab ihm ein Überlegenheitsgefühl, das seinem Ego guttat. Andererseits kapierte Rupert jetzt, warum Sinklär Ingo am Ende bei diesem Hollywooddeal ausgebootet hatte. Niemand mag es, wenn sich einer an seine Ehefrau heranmacht.

Rupert zeigte auf Fee und dann auf Ingo: »Ihr habt also was miteinander laufen gehabt?«

»Nur ein-, zweimal«, beschwichtigte Fee Rupert.

Er grinste: »Dachte ich's mir doch!«

Nadja kommentierte hämisch: »Kein Wunder, dass Johannes dich aus dem Film gekickt hat. Der war so ein Urviech! Hinter jedem Rock her, aber wehe, einer guckte seine Frau an.«

Ruperts Handy tutete erneut. Er ging ran.

»Hier noch mal Marion. Also, du Versager: Wenn da was dran ist, dann bin ich mit Ann Kathrin ganz schnell da. Ich bitte sie, mich statt Weller mitzunehmen. Ich bin nämlich ein echter Fan von Kommissar Lindemann.«

Rupert tat so, als habe er vorhin im Badezimmer eine ganz korrekte Meldung gemacht: »Heißt das, ihr seid noch gar nicht im Anmarsch? Hast du meine Meldung nicht weitergegeben?«

»Was für eine Meldung? O mein Gott, es stimmt also wirklich? Ingo Kuklinski alias Kommissar Lindemann ist in einen echten Mordfall verwickelt?« Plötzlich begann sie zu kichern. »Dann bist du der trottelige ostfriesische Polizist? Ich wusste gar nicht, wie viel Menschenverstand dieser Kuklinski hat!«

Rupert schnauzte jetzt los, so als sei er in der Lage, Befehle zu erteilen: »Beeilt euch! Ich erwarte hier das ganz große Besteck! Ich brauche die Jungs von der Kriminaltechnik, und zwar die besten! Ich halte den Täter hier fest, bis die Kollegen eingetroffen sind.«

Rupert drückte die rote Taste, um das Gespräch zu beenden, und steckte das Handy lächelnd ein.

Er sah auf die Wanduhr. Er vermutete, dass er von jetzt an keine Stunde mehr hatte, um die Sache hier zu klären. Sie würden gleich in Aurich starten. Wenn er Pech hatte, war in zehn Minuten ein Hubschrauber bereit. Er nahm aber an, dass sie von Aurich mit Autos nach Bensersiel fahren würden, dafür brauchten sie mindestens dreißig Minuten, mit ein bisschen Glück sogar vierzig. Dann würden sie sofort einen Flieger nehmen und wären fünf Minuten später auf der Insel.

Die Zeit drängte.

Rupert zeigte auf Ingo Kuklinski: »Sie hatten etwas mit seiner Frau. Daraufhin hat er sich gerächt und Ihre Karriere zerstört.«

Der Fernsehkommissar lachte und zeigte seine unnatürlich weißen Zähne, mit denen er – bevor er eine Serienrolle ergatterte – sich in einen Werbespot für Zahnpasta gegrinst hatte. »Karriere zerstört? Hallo, Herr Kommissar?! Ich verdiene an einem Abend mehr als Sie im Monat. Alle Welt kennt mich. Alle Frauen lieben mich.«

»Ich nicht!«, giftete Fee.

»Sagt meine Ex«, konterte er grinsend.

»Wir haben eine Inselpolizistin. Sollen wir die

nicht anrufen?«, fragte Nadja, und es klang wie ein dringender Vorschlag.

Ruperts Gehirn lief auf Hochtouren. Nadja und Gina mussten unschuldig sein. Es war undenkbar, dass eine von ihnen diesen Johannes-Großkotz-Sinklär umgebracht hatte und dann zu ihm ins Bett gestiegen war, um eine wilde Liebesnacht zu genießen. So abgebrüht war keine von den beiden. Er selbst fiel als Mörder auch aus, also mussten es entweder Fee oder Ingo gewesen sein.

»Die meisten Morde«, erklärte Rupert, »geschehen im Familienverbund. Man hat viel größere Chancen, von seinem besten Freund oder seinem Ehepartner umgebracht zu werden als von einem wildfremden Menschen.«

Fee beteuerte: »Ich war es nicht! O ja, ich habe ihn gehasst, aber ich habe ihn nicht umgebracht.«

»Was«, fragte Rupert, »wolltest du eigentlich morgens bei ihm im Zimmer? Du hast ihn doch gefunden.«

Ingo Kuklinski stieß Nadja an und flüsterte: »Mich siezt er, sie duzt er. Du bist mein Zeuge. Das kann noch mal wichtig werden.«

»Ich …«, stammelte Fee verwirrt, »ich habe die Toilette gesucht.«

»Ist keine bei dir im Zimmer?«, hakte Rupert nach.

Sie schüttelte den Kopf. »Nein, ich dachte, hier auf dem Flur sei vielleicht … Und dann bin ich aus Versehen …«

Nadja griff ein: »Das sind Gästezimmer zur Vermietung. Natürlich hat jedes eine eigene Toilette und eine Dusche.«

Fee rührte mit ihren Armen in der Luft herum wie eine Ertrinkende im Wasser. »Ich … ich war so verwirrt … ich dachte … Mein Gott, wir leben doch immer noch in Scheidung!« Sie zeigte auf Gina. »Ich dachte, du wärst bei ihm. Ich hab Geräusche aus dem Zimmer gehört!«

Empört brauste Gina auf: »Ich?«

»Ja, wer hat ihn denn den ganzen Abend angehimmelt?«

»Ich jedenfalls bestimmt nicht!«, behauptete Gina.

»Hast du doch!«

»Ich hab's auch gesehen!«, behauptete Kuklinski.

Mit zwei Schritten war Gina bei Rupert, legte

einen Arm um ihn, zog ihn an sich und tönte: »Dein Typ, Fee, hat mich nicht die Bohne interessiert. Ich steh auf richtige Männer.«

Ingo Kuklinski klatschte demonstrativ Beifall: »Ach, ihr zwei habt ... Na, dann war die Party ja gar nicht so öde, wie ich dachte.«

Rupert ärgerte sich über Gina. Jetzt war es ausgesprochen. Und einmal in der Welt, war die Nachricht kaum noch zu stoppen.

»Generalangriff«, sagte Rupert leise zu sich selbst und startete ihn augenblicklich: »Wenn du geschieden wirst, Fee, bekommst du laut Ehevertrag eine Viertelmillion. Ein hübsches Sümmchen, aber nicht vergleichbar mit – wie viele Millionen ist er inzwischen schwer?«

Gina half Rupert sofort: »Nach eigenen Angaben gestern Abend sechzig Millionen!«

Rupert nickte ihr dankbar zu. »Sechzig Millionen. Und ich vermute mal, weil die Scheidung noch nicht durch ist, bist du jetzt Witwe. Eine echt gute Partie ...«

Ingo Kuklinski pfiff durch die Lippen. »Scharf kombiniert, Herr Kollege.«

Fee bekam vor Empörung kaum noch Luft. Dann

stampfte sie mit dem Fuß auf und schnaubte: »Was bist du für ein Dreckskerl?!« Sie ging auf Rupert los. Sie griff ihm in die Haare. Seine Dauerwelle war geradezu eine Einladung, daran zu ziehen.

Fee kratzte, biss und riss Rupert Haare aus. Die zwei Kämpfenden fielen ineinander verkrallt zu Boden und stießen dabei den Ohrensessel um.

Es irritierte Rupert, dass niemand zu seinen Gunsten eingriff. Er bekam die tobende Frau nicht unter Kontrolle.

»Du willst mir das in die Schuhe schieben!«, kreischte sie.

Rupert sah zwischen ihren Fingern seine ausgerissenen Haare. Er packte ihren rechten Arm und drehte ihn ihr auf den Rücken, aber er hatte keine Handschellen, um sie zu bändigen.

Fee brüllte: »Hilfe! Hilfe! Er bricht mir den Arm!«

Ingo ergriff die Gelegenheit, den Helden zu spielen. Er schlug Rupert mit einem linken Aufwärtshaken k. o.

Rupert hörte noch Nadjas Schrei: »Bist du verrückt?!« Aber er wusste schon nicht mehr, ob er damit gemeint war oder Ingo oder Fee.

Er nahm sein eigenes Blutrauschen wahr, wie das Meer bei Sturmflut. Ihm wurde schwarz vor Augen, und seine Beine und Arme kamen ihm bleischwer vor.

Als Rupert erwachte, saß er auf einem Stuhl. Seine Hände waren hinten auf seinem Rücken zusammengebunden. Sein Kinn schmerzte, und seine rechte Gesichtshälfte war wie taub. Er erinnerte sich an den Fausthieb. Er konnte nicht glauben, was er sah: Ingo Kuklinski verhörte Fee.

Sie saß aufrecht am Tisch, ihre Hände lagen wie zum Gebet gefaltet vor ihr. Ihre Handgelenke waren mit einer rosa Filzkordel – offenbar eine Geschenkverpackung – zusammengebunden.

Nadja saß am Laptop und schrieb die Aussagen mit.

»Was soll das werden?«, fragte Rupert, und seine Kiefer knirschten bei jedem Wort wie eine Tür, die dringend geölt werden musste.

»Jeder Bürger«, dozierte Ingo Kuklinski, »darf Verhaftungen durchführen und eine Person, die dringend verdächtigt wird, eine Straftat begangen zu haben, festhalten, bis die Polizei eintrifft.«

Rupert zerrte an seinen Fesseln. »Irrtum, Herr

Fernsehkommissar. Verhaftungen sind ein hoheitliches Recht. Eine Verhaftung ist der Beginn einer Haft. Das ist kein Jedermannsrecht! Lediglich eine Festnahme kann zur Feststellung der Identität oder bei Fluchtgefahr sogar ohne richterliche Anordnung jeder Bürger vornehmen. Der Festgenommene ist unverzüglich der Polizei zu übergeben.«

»Schön auswendig gelernt«, spottete Ingo.

»Ich bin Hauptkommissar. Machen Sie mich sofort los! Das hier ist Freiheitsberaubung, Nötigung und …« Ruperts Stimme krächzte. Er schluckte trocken.

Ingo Kuklinski zeigte auf Fee. »Die wollte abhauen. Die Polizei wird uns dankbar sein, dass wir sie nicht haben entkommen lassen. Mit ihrer Villa im Tessin und ihrer Finca auf Mallorca entzieht sie sich doch sofort durch Flucht den Behörden … Die Dame ist jetzt nämlich schwerreich.«

Nadja brachte ein Glas Wasser an Ruperts Lippen, streichelte über seinen Kopf und sagte laut: »Trink, Liebster.« Dann flüsterte sie: »Er hat eine Waffe.«

Rupert nahm einen Schluck Wasser und zwinkerte Nadja dankbar zu.

Ingo Kuklinski äffte Nadja nach: »Liebster! Jetzt verstehe ich … Ihr habt …« Er zeigte auf Gina, Nadja und Rupert. Er verzog den Mund: »Respekt, Herr Kommissar, Respekt!«

»Ja, ich weiß«, sagte Rupert, »ich führe ein schönes, wildes Leben. Eins, wovon Filmstars nur träumen können. Und jetzt machen Sie mich los, und ich bin bereit, den ganzen Ärger hier zu vergessen.«

Rupert reckte sich. Jetzt sah er die Waffe neben der Obstschale auf dem Tisch liegen. Da er die Aufmerksamkeit auf sich zog, bemerkte niemand, dass Fee sich weiter vorbeugte.

»Ich bin hier in ein verdammtes Intrigenspiel geraten«, behauptete Ingo Kuklinski. »Ihr macht doch alle gemeinsame Sache. Die ganze Fete habt ihr organisiert, um *John* Sinklär aus dem Weg zu räumen. Eine klasse Inszenierung für den Tod des Geisterjägers. Fee kassiert. Ihr bekommt alle eine dicke Abfindung, die für den Rest eures jämmerlichen Lebens ausreicht, und ich bin der auserkorene Schuldige! Ihr habt sogar dafür gesorgt, dass ein willfähriger Kommissar anwesend ist.«

In dem Moment warf Fee sich quer über den

Tisch. Die Obstschale fiel um, Zitrusfrüchte rollten auf den Boden. Fee bekam die Beretta zu fassen und richtete sie auf Ingo Kuklinski. Sie vibrierte vor Aufregung. Beim Sprechen flogen Speichelbläschen aus ihrem Mund. Sie richtete die Waffe auf den Fernsehkommissar und befahl: »Hände hoch, du Drecksack! Du hast Johannes umgebracht, damit eure krummen Geschäfte nicht ans Licht kommen und deiner gottverdammten Karriere nicht geschadet wird.«

Nadja riss die Arme hoch, und weil sie dabei noch das Wasserglas in der Hand hielt, klatschte eine Ladung auf Ruperts Haare.

Gina flüchtete zur Toilette und schloss sich ein.

Ingo Kuklinski hob lachend die Hände und bewegte dann spielerisch die Finger, als würde er eine Marionette führen. »Ich bin ein Fernsehkommissar, Fee. Schon vergessen? Wir erschießen keine Menschen. Wir arbeiten nicht mit echter Munition. Ich wurde schon dreimal in Filmen umgebracht. Einmal in diesem grässlichen Mantel-und-Degen-Film im Duell, erinnerst du dich? Und, schau doch, ich stehe immer noch lebend vor dir. Beim Film tun wir immer nur so, als ob. Nichts ist echt. Auch die Waffe nicht.«

Sie war verwirrt, richtete die Mündung der Beretta mit ausgestrecktem Arm auf Rupert und dann wieder auf Ingo, schließlich sogar auf Nadja.

Fee schrie Ingo an: »Du verarschst mich doch nur, Kommissar Lindemann!«

»Ich bin nicht Kommissar Lindemann, ich spiele ihn nur. Wie gesagt, alles nur Show!«

Fee zielte auf eine Ananas und drückte ab. Der Schuss peitschte durch den Raum, und die Frucht zerbarst. Ein paar Spritzer landeten in Ruperts Gesicht und auf seinem Oberkörper.

»Von wegen, die ist echt!«, brüllte Fee.

Rupert wusste nicht, ob es an der Tür klingelte oder ob sein Trommelfell zu platzen drohte. Der Knall war in diesem Raum verdammt laut. Jetzt wusste er wieder, warum man bei Schießübungen einen Ohrenschutz trug.

Nadja öffnete die Tür, als Kommissarin Ann Kathrin Klaasen sich gerade bereitmachte, sie gewaltsam zu öffnen. Rupert sah Ann Kathrin und hinter ihr Marion Wolters. Beide Frauen zusammen waren ein Albtraum für ihn.

Ann Kathrin hatte ihre schwarze Handtasche umhängen und hielt ihre Dienstwaffe im Anschlag. »Hände hoch und Waffen fallen lassen!«, kommandierte sie und ließ keinen Zweifel daran aufkommen, dass sie bereit und in der Lage war, ihre Forderungen durchzusetzen.

Rupert rief, gefesselt und mit tropfenden Haaren: »Ich hab die Sache hier voll im Griff, Ann!«

Fee legte die Pistole vorsichtig auf den Tisch und zeigte ihre mit Geschenkband gefesselten Hände vor.

Ann Kathrin nahm die Beretta an sich.

Marion Wolters drückte Ingo Kuklinski freundlich, aber bestimmt gegen die Wand und tastete ihn nach Waffen ab. Dabei bekam sie einen hochroten Kopf. Sie war noch nie einem Fernsehstar so nah gekommen.

Gina öffnete vorsichtig die Toilettentür und lugte raus. Als sie die Polizistinnen sah, zeigte sie auf Fee: »Die hat geschossen!«

»Weil Ingo gesagt hat, das ist eine Filmpistole, keine echte!«, verteidigte Fee sich.

Ann Kathrin stand jetzt vor Rupert. »Und du hast mal wieder alles im Griff?«

»Ja, sozusagen.« Er deutete mit dem Kinn auf Fee, dann auf Ingo. »Sie ist die Mörderin, oder er.«

Ann Kathrin schaute ihn nur missbilligend an. Diesen Blick kannte er von seiner Beate. Das war so ein typisches Frauending: Männer mit einem stummen Blick fertigzumachen. In diesen Augen lag so viel Verachtung. Er sollte sich wie ein Insekt fühlen.

»Verdammt, jetzt mach mal jemand meine Fesseln auf!«, schimpfte er.

Ann Kathrin sagte nur knapp: »Marion«, und schon war Marion Wolters bei ihm. Sie holte ihr Schweizer Offiziersmesser hervor. Darin eine Schere, ein Korkenzieher und eine scharfe Klinge. Sie wählte das passende Werkzeug und stellte sich hinter Rupert. Der bekam plötzlich Angst, Marion könne ihn absichtlich schneiden, um sich zu rächen.

»Wehe, du schneidest mir in den Finger«, drohte er.

Marion Wolters schob die Klinge unter Ruperts Fesseln. Er spürte das kalte Metall auf der Haut. Sie raunte in sein Ohr: »Jetzt musst du ganz tapfer sein, Versager.«

Er kniff die Augen zusammen und erwartete den Schmerz.

Die Fesseln fielen ab. Er riss die Hände nach vorne und schaute sie an. Die Finger waren geschwollen. Er brauchte noch einen Moment, um zu begreifen, dass Marion ihn nicht verletzt hatte.

Ann Kathrin fragte Rupert: »Hast du die Namen und Kontaktdaten aller Personen aufgeschrieben, oder warst du die ganze Zeit gefesselt?«

»Ich habe … also … Na ja, im Grunde … Ich kenne ja die meisten … Das da ist zum Beispiel die Gina, und …«

Ann Kathrin unterbrach ihn scharf: »Gina? Nachname? Wohnort? Alter? Vorstrafen? Das kleine Einmaleins, Rupert!«

Rupert zuckte mit den Schultern.

Gina räusperte sich und hielt Ann Kathrin die rechte Hand hin. »Gina Saathoff.«

Ann Kathrin schüttelte die Hand freundlich. »Die Kollegin Wolters wird erst einmal von Ihnen allen die Personalien aufnehmen«, sagte sie, und mit Blick auf Fee: »Und ich hoffe für Sie, dass Sie berechtigt sind, so eine Waffe bei sich zu führen.«

»Die gehört mir doch gar nicht!«, protestierte Fee. »Das ist seine.«

Ingo Kuklinski lächelte. »Selbstverständlich habe ich eine gültige Waffenbesitzkarte und einen Waffenschein. Meine Zulassungsprüfung ist kein halbes Jahr alt, Frau Kommissarin.«

Ann Kathrin taxierte ihn abschätzig. »Sind Sie so bedroht, dass Sie eine schussbereite Beretta mit sich führen müssen? Wann ist der letzte Fernsehstar in Deutschland ermordet worden?«

Ingo Kuklinski deutete zur Decke: »Johannes Sinklär war kein Fernsehstar. Aber tot ist er auf jeden Fall.«

Ann Kathrin gab Marion Wolters einen Wink: »Nimm das auf. Wer war wann wo. Rupert und ich schauen uns jetzt mal die Leiche an.«

Rupert ging neben Ann Kathrin die Treppe hoch. Die Tür stand offen. Ann Kathrin betrachtete den Toten ruhig und sah sich im Zimmer um, ohne etwas zu berühren.

Ihr Schweigen machte Rupert ganz rappelig. »Also, ich denke, die Gefühle waren hochgepusht. Der ganze Abend war ja sehr emotionsgeladen. Der hat noch einmal mit seinem Vermögen angegeben, und Fee sollte durch diesen Ehevertrag praktisch leer ausgehen, also nur eine Viertelmillion erhalten. Vielleicht wollte sie einfach noch einmal mit ihm reden, wie Frauen eben so sind. Dann ist Fee hier rein, und dann hat ein Wort das andere ergeben, und schließlich hat sie ihren Mann voller Wut …«

Während Ruperts Redefluss hatte sich so viel Speichel entwickelt, dass er erst schlucken musste. Das war eine lange Rede für ihn gewesen. Trotzdem fuhr er fort: »Und dann hat sie, als sie rausging, eine Art Nervenzusammenbruch gekriegt und einfach zu schreien begonnen. Ich war dann ruck, zuck bei ihr.«

Ann Kathrin brummte: »Hm.«

Die Art, wie sie »Hm« sagte, drückte Rupert an den Rand eines Vulkans, und so, wie sie jetzt Luft holte, hatte sie vor, ihn gleich in den Abgrund zu stoßen.

»Ihre Hände waren also blutverschmiert und ihre Kleidung befleckt und …«

»Ähm, nein, nein, so nicht, also, vielleicht hat sie sich ja vorher gewaschen und umgezogen.«

Ann Kathrin ließ nur wieder ein »Hm« ertönen.

Es klang sehr missbilligend. Sie musterte Rupert und zeigte in Richtung Badezimmer: »Dann müssten wir Spuren am Handtuch im Bad finden. Das alles hier spricht überhaupt nicht für einen Nervenzusammenbruch. Guck es dir genau an, Rupert. Jeder Tatort ist wie ein stummer Zeuge. Es kommt darauf an, ihn zum Reden zu bringen.«

»Ich quatsch nicht mit Möbeln.«

Sie lächelte milde. »Unsere Kriminaltechniker werden jede noch so kleine DNA-Spur auswerten, bis der Tathergang wie ein offenes Buch vor uns liegt. Aber der Tatort erzählt uns auch jetzt schon einiges.«

»So?«

»Ja. Hier ist nicht einfach jemand durchgedreht. Kein Streit ist eskaliert. Dann hätte der Tote ganz andere und viel mehr Verletzungen.«

»Du hättest das erleben müssen, Ann! Diese aufgeheizte Stimmung! Die hat einfach die Nerven verloren, glaub mir.«

»Nein, Rupert, das hier sieht nach gründlicher Planung aus.«

»Planung? Wie hätte sie das denn bitte schön planen sollen? Nein, das kann nicht sein, da irrst du dich, Ann. Sie wusste ja nicht mal, dass ihr Ex hier erscheint.«

Ann Kathrin seufzte. »Dann ist sie vermutlich unschuldig. Sieh dir mal das Kissen an, Rupert.«

»Ja, was ist damit?«

»Ich gehe davon aus, dass der Täter versucht hat, sein Opfer zu ersticken oder wenigstens am Schreien zu hindern.«

»Ja, kann sein.«

»Wo warst du zur Tatzeit, Rupert?«

Er führte sie in sein Gästezimmer. Es hätte eh keinen Sinn gehabt, dagegen zu protestieren. Diese Frau setzte sich seiner Erfahrung nach sowieso durch.

Ann Kathrin sah das Wasserbett und das zerwühlte Bettlaken. Ein rosa Damenslip mit schwarzen Rüschen lag auf dem Boden.

»Ich wusste gar nicht, dass du so etwas trägst«, sagte Ann Kathrin.

»Ich … Also, das bleibt doch jetzt hoffentlich unter uns … Ich habe diese Nacht hier nicht ganz alleine verbracht.«

»Ach, der Slip ist gar nicht von dir?«

»Bitte, Ann, mach es mir jetzt nicht so schwer.

Das hat doch mit dem Fall alles gar nichts zu tun.«

Sie schüttelte ihre blonden Haare. »Das sehe ich anders, Rupert. Also, wer war hier nachts bei dir?«

Er schluckte noch einmal und reckte sich. Seine Wirbelsäule tat weh. Er bekam Rückenschmerzen. Seine Frau behauptete ja, seine Rückenprobleme seien auf seelische Stresssituationen zurückzuführen.

»Bitte, Ann! Beate macht mir die Hölle heiß, wenn sie davon erfährt.«

Ann Kathrin blieb hart. »Wer?«

»Nadja und Gina.«

»Beide?«

»Ja, da staunst du, was?«

Ann Kathrin hatte Mühe, nicht in ihren Verhörgang zu verfallen. Drei Schritte, eine Kehrtwendung, drei Schritte. Nach jedem zweiten einen Blick auf den Verdächtigen.

Rupert bemerkte, dass sie sich schwer beherrschen musste, gleichzeitig hatte er dadurch das Gefühl, zu diesem Verdächtigen zu werden. So, wie sie jetzt guckte, sah sie Leute an, die sie der

Lüge überführt hatte. Sie bereitete eine Falle vor. Und gleich würde sie ihn hineinstürzen. Sie konnte Menschen mit ein paar Fragen den Teppich unter den Füßen wegziehen. Er hatte das oft erlebt und meist klammheimlich bewundert.

»Was weißt du über die beiden Frauen, Rupert?«

»Wie meinst du das?«

»Wörtlich. Was weißt du über die beiden?«

»Na ja, die Nadja, also, der gehört dieses Haus hier auf Langeoog. Die kenne ich schon länger. Wir sind zusammen zur Schule gegangen. Damals hatten wir mal was miteinander. Sie hat wohl mal ein Seniorenheim geleitet, aber dann hat sie diese Bestseller geschrieben. Erotische Literatur ist das, glaube ich. Jedenfalls hat sie es voll drauf. Sie ist diese ›Madame X‹.«

»Die Bücher sind von ihr?«, fragte Ann Kathrin, ging einen Schritt zurück und nahm die Hände an ihren Körper, so als hätte sie beim Kartenspielen Sorge, dass Rupert in ihre Karten schielte. »Und mit der warst du im Bett?«

»Ja, ja, also, wir haben da wohl an alte Zeiten angeknüpft. Ich hatte ziemlich getankt, und …«

»Und diese Gina?«

»Also, die hab ich hier erst kennengelernt. Die beiden sind wohl miteinander befreundet, und das, obwohl Gina Saathoff mal eine Angestellte von Nadja war. Die hat Byzantinische Archäologie studiert und ist dann Altenpflegerin geworden.«

Ann Kathrin lächelte verschmitzt, und Rupert kam sich unter ihren Blicken vor wie ein Stück Butter, das in der Sonne zu schmelzen beginnt.

»Hab ich wieder was Falsches gesagt?«, fragte er.

»Nein«, sagte sie. »Aber bist du dir eigentlich ganz sicher, dass du mit den beiden hier auf dem Bett deine üblichen gymnastischen Übungen gemacht hast? Kamasutra rauf und runter, oder wie darf ich mir das vorstellen?«

»Ich, ähm … also, na ja, wenn du mich jetzt so fragst … Das wird doch später nicht in irgendwelchen Akten stehen oder so? Das spielt doch im Grunde keine Rolle … Ich war – sagen wir mal – ziemlich blau. Also, die haben mich abgefüllt mit so Cocktails.«

»Wer hat die gemischt?«

»Die meisten Nadja. Sie steht da drauf. Die kann das unheimlich gut. Also, ich trinke ja eigentlich lieber Bier, aber …«

»Bleiben wir bei der Sache. Sie hat also Cocktails gemischt, und du hast sie getrunken.«

»Ja, und? Ist das verboten?«

»Und dann?«

»Na ja, irgendwann haben die beiden mich nach oben abgeschleppt. Wahrscheinlich konnten sie sich nicht einig werden, wer mit mir … Und dann …«

»Dann hast du natürlich dein Bestes gegeben.«

Er lächelte. »Offen gestanden, hab ich keine Ahnung. Ich habe einen richtigen Filmriss. Das passiert mir bei Bier und Whisky nie.«

»Es ist also nicht so doll gelaufen mit euch?«

Rupert hob die Hände. »O nein, das verstehst du jetzt völlig falsch. Also, die beiden waren total begeistert. Du hättest sie mal hören sollen! Die schwärmen ja jetzt noch … Aber ich kann mich halt nicht mehr dran erinnern.«

»Du hast nie eins ihrer Bücher gelesen, stimmt's?«

Er zuckte entschuldigend mit den Schultern. »Nein, das ist doch mehr so … Frauenkram, denke ich mal. Ich guck ja auch mal einen Porno oder so, aber ich muss das doch nicht lesen.«

»Sie ist eine Lesbe. Sie hatte vor fünf, sechs Jahren ihr Comingout. Es ging groß durch die Yellow Press. In ihren Büchern steht es direkt am Anfang in ihrer Biographie.«

»Eine Lesbe? Du meinst, ich habe sie bekehrt?«

Ann Kathrin verdrehte die Augen. »Nein, Rupert. Ich glaube, dass sie dich reingelegt haben. Das alles hier ist eine große, wunderbare Inszenierung. Bis ins Detail geplant. Und dazu gehörte auch, dass du ein paar Drinks zu viel nimmst und in einen tiefen Schlaf fällst. Und dann mit dem Gefühl wach wirst, die Nacht mit zwei Frauen verbracht zu haben. Du kannst dich als toller Hecht fühlen, und die beiden haben ein Alibi. Ihr Männer seid doch so durchschaubar, so leicht zu *handeln*, und du ganz im Speziellen …«

»Das ist doch nur Theorie, Ann, es kann doch alles ganz anders gewesen sein.«

»Ja. Kann. Die Theorie wird im Labor durch Indizien sehr schnell untermauert werden. Ich vermute, nachdem du eingeschlafen warst und nicht nur du, sondern alle hier im Haus im Schlummerland waren, sind die beiden aufgestanden, haben Sinklär im Schlaf ein Kissen aufs Gesicht gedrückt, um ihn am Schreien zu hindern und ihm dann ein Messer in die Brust gerammt. Sie haben sich ordentlich gewaschen, ihre Kleidung, falls sie schmutzig geworden ist, in die Waschmaschine gesteckt und sich dann zu dir ins Bett gelegt, um morgens neben dem Helden wach zu werden. Meistens benutzen Männer Frauen, Rupert. Hier war es, glaube ich, mal umgekehrt.«

»Ja, aber warum … Die haben doch gar kein Motiv. Die Fee dagegen oder dieser Fernsehkommissar …«

»Ich vermute, dass diese Fee nicht lügt, wenn sie sagt, dass sie keine Ahnung hatte, hier auf ihren Ex zu treffen. Die wurde eingeladen, um dir und uns eine Schuldige zu präsentieren.«

»Vielleicht hängt sie selbst mit drin, vielleicht hat sie selber alles …«

»Nein, Rupert, dann wäre sie gar nicht gekommen. Die Party hier hätte ohne sie stattgefunden. Sie hätte doch in Ruhe auf Mallorca Milchkaffee schlürfen können. Nein, wenn der Mord in ihrem Auftrag geschehen wäre, hätte sie sich ein Alibi besorgt.«

»Da hast du vermutlich recht, Ann. Aber welches Motiv sollten die beiden denn haben, um so ein Verbrechen minutiös zu planen und …«

Ann Kathrin Klaasen ging zurück in den Flur und betrachtete ein paar kleine Flecken auf dem Boden. Dabei sprach sie zu Rupert: »Eine Beschäftigung mit dem Opfer wird uns das Motiv liefern. Die Begründung für ein geplantes Verbrechen liegt garantiert tief verankert in der Vergangenheit. Täter und Opfer kannten sich schon lange vorher.«

»So wirkte es auf mich nicht, es kam mir vor, als hätten sich Gina und John Sinklär, also, ich meine, unser Opfer, hier erst kennengelernt.«

Ann Kathrin nahm aus ihrer schwarzen Handtasche ein kleines Fläschchen Wasserstoffperoxid. Sie träufelte ein wenig auf die schwarzen Flecken, und gleich schäumte es.

»Na also«, sagte Ann Kathrin. »Dachte ich es mir doch. Blutflecken. Sie haben natürlich nicht hier geduscht, wo sie ihn umgebracht haben, sondern sind in ein anderes Zimmer gegangen.«

Rupert zeigte auf die Handtasche. »Und ich dachte«, sagte Rupert, »Frauen führen in ihren geheimnisvollen Handtaschen Schminkutensilien mit sich.«

Ohne ihn anzusehen, sagte Ann Kathrin: »Ich bin Kriminalkommissarin, kein Model. Wo bleiben denn die Jungs von der Spurensicherung? – Also, was weißt du über das Opfer? Wie hat er sich hier präsentiert?«

Ann Kathrin erhob sich wieder und sah Rupert in die Augen. Rupert wedelte mit seinem Handy herum, als könne die Antwort dort herausfallen und sich dann einfach auf dem Boden vor ihm ausbreiten.

»Den haben viele gehasst. Ich hab sogar im Internet so einen Wutbrief gegen ihn gelesen, von einem Betriebsrat, weil er die Arbeitsplätze wegrationalisiert hat.«

Rupert suchte wieder bei Google. Der Name schrie ihn geradezu an, und er stieß den Namen aus, als hätte er gerade eine Idee zur Lösung des weltweiten Müllproblems oder als hätte er zumindest die Elektrizität erfunden: »Saathoff! Der Betriebsrat hieß Saathoff!«

»Das ist auch der Nachname von dieser Gina, oder?«, stellte Ann Kathrin fest.

»Ja. Na klar!«

»Das ist ein alter ostfriesischer Name …«

Ann Kathrin beugte sich übers Treppengeländer und rief nach unten: »Frau Saathoff? Kann ich Sie mal sprechen?«

Gina kam die Treppe hoch. Sie war nicht mehr so leichtfüßig wie am Abend zuvor, und Rupert hatte das Gefühl, die Frau sei schwerer geworden. Ihre Haare standen auch nicht mehr wild ab, sondern hingen in Strähnen herab.

Ann Kathrin und Gina standen sich jetzt wie zum Duell gegenüber und sahen sich in die Augen. Gina hatte Mühe, dem Blick standzuhalten. Sie kaute bereits auf der Unterlippe herum und fuhr sich mit den Fingern durchs Gesicht, als wolle sie Spinnweben wegwischen oder eine Fliege vertreiben.

»Kann es sein«, fragte Ann Kathrin Klaasen, »dass Ihr Vater Betriebsrat war, und …«

Gina ließ Ann Kathrin gar nicht weiterreden. Sie nickte sofort, und ihre Bewegungen wurden unkoordiniert. »Mein Vater hat das alles nicht gut überstanden. Er hat sich die Schuld an den gescheiterten Verhandlungen gegeben. Sinklär hat ihn erst hingehalten und dann vorgeführt. Da sind so viele Familien ins Unglück gestürzt worden …

Menschen, die glaubten, dass sie bis zur Rente einen festen Arbeitsplatz hätten, sind in Windeseile auf Hartz IV gelandet. Mein Vater war ein guter Kerl. Er hat erst angefangen zu saufen, und schließlich hat er sich umgebracht. ›Reaktive Depression‹ nannte es die Psychologin. Klingt toll, nicht? So schön klinisch sauber. In Wirklichkeit war mein Vater ein Opfer. Ein guter, sensibler Mensch, der von diesem Wirtschaftsgangster fertiggemacht wurde.«

Von unten rief Nadja hoch und stürmte die Treppe herauf: »Du sagst nichts, Gina! Kein Wort! Wir rufen jetzt sofort einen Anwalt!«

Aber Ann Kathrin kannte Menschen wie Gina Saathoff nur zu gut. Sie hatten eine Tat begangen und bis dahin alles ganz genau geplant. Nur etwas hatten sie nicht im Griff: Ihre eigenen Schuldgefühle danach. Sie wollten reden. Ein Verhör war gar nicht nötig. Ihnen musste nur die Möglichkeit eröffnet werden zu sprechen, damit sie sich alles von der Seele reden konnten.

»Sie und Madame X, wenn ich sie mal so nennen darf, sind ein Paar, stimmt's?«

Nadja kam jetzt oben an. Sie hatte den Satz gehört und schüttelte vehement den Kopf. Gina dagegen nickte.

Ann Kathrin nahm das stumm zur Kenntnis, Rupert dagegen entfuhr der Satz: »Ich habe die Nacht mit zwei Lesben verbracht?!«

Gina Saathoff wischte sich Tränen aus dem Gesicht. »Ich bin mit dem Tod meines Vaters nicht wirklich fertig geworden. Wie denn auch? Ich bin doch nicht aus Holz!«

»Aber Sie haben Herrn Sinklär doch nicht zufällig hier getroffen.«

»Du bist jetzt ruhig«, mahnte Nadja.

»Nein«, sagte Gina. »Ich dachte, ich kann das. Verzeih mir, Nadja. Ich bin nicht so. Ich kann jetzt auch nicht einen anderen Menschen ans Messer liefern. Ich wäre doch dann genauso wie dieses Schwein Sinklär. Der ließ doch auch jeden über die Klinge springen, nur zu seinem eigenen Vorteil. Und im Grunde ist es doch nicht anders, wenn wir Fee für uns in den Knast schicken.«

»Wie«, fragte Ann Kathrin, »ist Sinklär denn erneut in Ihr Leben getreten? Haben Sie einen Köder ausgelegt, oder …«

Gina wischte sich die Haare aus der Stirn und

klemmte sich dicke Büschel hinter die Ohren, so dass sie jetzt abstehende Ohren hatte und ihr Gesicht merkwürdig nackt wirkte. Sie war blass um die Lippen.

»Nadja war noch nicht ganz weg bei uns, da erschien Sinklär mit seiner Truppe. Unser Seniorenheim sollte ganz neu gerechnet werden. Es sollte rentabler werden oder geschlossen oder verkauft. Wir waren einer Kette im Weg, und dann durfte ich noch mal miterleben, wie sie es mit meinem Vater gemacht haben. Das gleiche Programm lief ab. Ich kannte das ja schon in allen Einzelheiten und konnte jeden Schachzug vorausberechnen. Er hat natürlich nicht mit mir verhandelt. Die unteren Chargen interessieren den überhaupt nicht. Ich wusste, wohin das alles führt. Ich habe es Nadja erzählt …«

»Und dann haben Sie beide eine Entscheidung gefällt«, sagte Ann Kathrin.

Gina sprach nicht weiter, sondern verbarg ihr Gesicht an Nadjas Schulter. Die legte beide Arme um sie und giftete Ann Kathrin Klaasen an: »Frau Saathoff hat einen Nervenzusammenbruch, das merken Sie doch! Nichts von dem, was sie gesagt hat, entspricht der Wahrheit! Sie haben vergessen, sie darauf hinzuweisen, dass sie sich einen Anwalt rufen kann. Sie befinden sich ohne richterliche Anordnung in meinem Haus, und ...«

Ann Kathrin unterbrach sie: »Ich nehme Sie wegen des dringenden Verdachts fest, dass Sie gemeinschaftlich Herrn Sinklär umgebracht haben.«

Gina versuchte, Nadja von sich wegzudrücken. Die Umarmung wurde jetzt fast zu einer Fesselung, gegen die Gina sich wehren musste.

»Ein Schwein weniger!«, schrie Gina. »Ja, verdammt, ich stehe dazu! Aber ich will nicht, dass jemand anders dafür leidet. Fee war es nicht! Ich war es!«

Nadja hob die Hände. »Ich habe nichts damit zu tun. Mir tut alles schrecklich leid, was hier in meinem Haus geschehen ist.«

»Du bist«, sagte Rupert, »ein berechnendes, eiskaltes Luder. Das warst du schon immer ...«

Unten klingelte es, und Marion Wolters brüllte hoch: »Die Spusi!«

Rupert sah auf seine Uhr. »Na klasse«, sagte er, »die kommen wie immer zu spät. Wir haben den Fall schon gelöst, Jungs!«, rief er nach unten. Dann sah er Ann Kathrin an. »Wenn du nur ein bisschen später gekommen wärst, hätte ich dir die Lösung präsentieren können. Ich stand ja praktisch ganz kurz davor.«

Ann Kathrin klopfte ihm auf die Schultern. »Ja, Rupert. Das hast du mal wieder ganz toll gemacht.«

ENDE

Klaus-Peter Wolf
Totenstille im Watt
Sommerfeldt taucht auf
Roman
Band 29764

Der neue Held von Kult-Autor Klaus-Peter Wolf

»Es ist viel schwieriger, eine gute Fischsuppe zu kochen, als an eine neue Identität zu kommen. Meine ist perfekt. Ich heiße neuerdings Dr. Bernhard Sommerfeldt. Ich bin praktischer Arzt. Ich habe mich in dem schönen Städtchen Norddeich niedergelassen. Die Leute kommen gerne zu mir. Ich höre ihnen zu. Behandele nicht nur ihre Wunden, sondern entsorge auch schon mal den gewalttätigen Ehemann. Ich bin ein Mann mit Prinzipien. Und ich scheue vor Mord nicht zurück.« Ostfriesland ist noch gefährlicher geworden, und Ann Kathrin Klaasen hat einen neuen, raffinierten Gegenspieler.